Todos aquellos mares

Laia Aguilar

Todos aquellos mares

Laia Aguilar

Traducción de Manuel Pérez Subirana

Ediciones Destino
Colección Áncora y Delfín
Volumen 1659

Título original: *Tots aquells mars*

Ediciones Destino, un sello editorial de Editorial Planeta, S. A.
Avda. Diagonal, 662-664, 08034 Barcelona (España)
www.planetadelibros.com
www.edestino.es

Primera edición: septiembre de 2024
ISBN: 978-84-233-6567-8
Depósito legal: B. 14.279-2024
Composición: Realización Planeta
Impresión y encuadernación: Rodesa, S. L.
Printed in Spain - Impreso en España

A ti, Pere, por todos los mares

La vida no es la que uno vivió, sino la que uno recuerda y cómo la recuerda para contarla.

Gabriel García Márquez

El mar

—Greta, ¿dónde está tu hermana? ¿Dónde os habéis metido?

Greta, una niña de once años, estaba sentada en la playa con el rostro blanco como la cera. Tenía la mirada ausente, hacia un punto inconcreto del mar, más allá de las rocas y el azul; el cielo empezaba a amenazar tormenta.

Su abuela se le acercó gritando, muy alterada.

—¿Dónde está, Greta? ¡No me asustes!

Greta se encogió de hombros y clavó las uñas en la arena, sin atreverse a mirarla a los ojos.

—No lo sé. Estábamos aquí jugando y no ha aparecido.

—¿Cómo que no ha aparecido?

Al oír esas palabras, la abuela empezó a buscarla por toda la playa. Nada. Ni rastro de la pequeña Julieta. Greta también la buscó, sobre todo entre las rocas, con los ojos anegados de lágrimas y el grito ahogado por el dolor. ¿Dónde estaba su hermana pequeña?

La abuela avisó a salvamento marítimo e hizo correr la voz entre los pocos pescadores que aún quedaban en la playa. Todos los allí presentes se pusieron en marcha y la buscaron por tierra y mar, mientras Greta, confusa, se iba hacia una cueva y se acurrucaba allí hasta que pasara el temporal. Deseaba con todas sus fuerzas que encontraran a su hermana pequeña. «¿Dónde estás?», se preguntaba. «¿Dónde has ido a parar, Julieta?»

Uno de los pescadores se acercó hasta la isla de Espalmador y echó el ancla para ver si alguien había llegado hasta allí. No encontró nada. Tan solo el azul profundo que le rodeaba y el sonido de las olas, convertido en un gemido sordo y constante. Empuñó de nuevo los remos y se marchó lleno de temor.

Los vecinos de la isla corrieron hacia la playa y fueron recogiendo a los pocos niños que todavía quedaban allí. Se oían gritos y resoplidos y suspiros exhalados desde el fondo del alma cada vez que una familia encontraba a sus pequeños sanos y salvos. Las voces fueron acallándose y todo el mundo volvió silenciosamente a sus casas.

Todo el mundo excepto una mujer, Helena, que vio los postigos cerrados de la casa de enfrente y escuchó sin aliento las conversaciones entrecortadas de la gente. Cuando se enteró de lo ocurrido, corrió hacia la playa con los ojos velados y la mano apretada contra el pecho.

—¿A qué niña buscáis? ¿A Greta o a Julieta?

Entonces le dijeron que habían visto a una niña de unos once años, por lo que la que buscaban debía de ser la pequeña, la del pelo azul. La mujer cayó de rodillas en la arena y profirió un grito que resonó por toda la isla como un aullido de lobo.

La niña mayor, Greta, volvió a casa al cabo de un rato y su padre, cuando la vio, le dio una bofetada.

—¿Dónde estabas? ¿Qué ha pasado con tu hermana?

Ninguna barca ni ninguna guardia marítima llegó a encontrar nunca el cuerpo de la pequeña. Al cabo de un tiempo llegaron a la conclusión de que la tormenta la debió de arrastrar mar adentro.

Greta rompió a llorar e inundó la habitación de lágrimas.

Las manos le apestaban a pescado podrido.

En su casa nunca más se volvió a hablar de aquello.

Greta

Desde aquí arriba, desde el cielo, observo la isla de Ibiza en todo su esplendor. Más allá, mi casa, la isla de Formentera, se extiende como un viejo plumaje, con manchas de azul y de fosas marinas. «Hace muchos, muchísimos años, era una isla deshabitada», me contaba siempre mi abuela. «Nadie se atrevía a venir a vivir aquí. Decían que Formentera era una isla peligrosa, maldita.» Y yo, escuchando los relatos de la abuela con mi hermana Julieta al lado, me imaginaba una isla decrépita llena de voces que escondían secretos y surgían del mar durante las noches silenciosas.

Me guardo el móvil y la tableta en el bolso e incorporo el asiento en posición vertical. Volver a Formentera para cuidar a la abuela no es el mejor plan del mundo. Y aún menos tras dejar a Paul en casa, en nuestro minúsculo piso de Londres, y un guion a medias que dentro de dos meses deberé entregar a la productora. «Tu abuela se ha caído, Greta. No está bien. Le gustaría mucho verte», me dijo mi madre en un breve mensaje que me envió hace quince días. Hice la maleta con cuatro prendas, cogí el ordenador, un par de libros y me apresuré a comprar el primer billete de avión que me llevara de nuevo a la isla.

—Atención, pasajeros. En unos minutos aterrizaremos en Ibiza.

El ferri que me lleva a Formentera va cargado de turistas de mejillas enrojecidas que arrastran sombrillas y sillas de plástico. Me hago un hueco entre la gente mientras me apoyo en la barandilla. Observo el agua que tiembla y me invita a sumergirme en un mundo azul y turquesa que contiene historias de marineros y náufragos. Al fondo diviso la isla donde pasé la mayor parte de los veranos de mi infancia, entre juegos en el porche de casa de la abuela, pasteles de frambuesa en la cocina y visitas a las calas cercanas. Formentera, una de las tres islas Pitiusas, me da la bienvenida. Atravesamos el estrecho paso conocido como los Freus y contemplo un banco de peces que nadan silenciosos a lo lejos. Al fondo se distingue el puerto de la Savina, con las embarcaciones alineadas, los pescadores del muelle vendiendo pescado fresco y la taquilla para comprar los tickets para hacer submarinismo o ir a las islas cercanas.

—¿Y por qué era una isla maldita, abuela?

—Eso es cosa de las malas lenguas, que ven peligros donde no los hay.

—Pero entonces...

—Es una isla llena de leyendas sobre piratas y tesoros.

—¿Puedes volver a contarme la leyenda del rey Sigurd, abuela?

—Claro que te la contaré, pillina. Ven, ven aquí a mi lado y escúchame bien. ¿Te gustan mis leyendas, Greta?

Alquilo una moto para desplazarme por la isla y poder moverme por mi cuenta sin tener que depender de nadie. «¿Te vas a quedar en casa de la abuela?», me preguntó mi madre en un segundo mensaje breve. Y yo le dije que no. Me instalaré en un hotel de Sant Ferran y así podré ir más a mi aire, Helena. Cuando pienso en las pocas pertenencias que he traído, me doy cuenta de que aquí quiero estar el menor tiempo posible. Un par de pantalones, unas sandalias, el bikini esmeralda con el ribete azul y el ordenador, para dejar claro que mi vida no está aquí sino en otra parte. Lejos de este tramo perdido de infancia.

Enciendo la moto y empiezo a circular por esta isla que hace ya mucho tiempo que no siento mía. El olor a sal marina y la brisa suave que me impacta en la nuca me hacen revivir escenas vividas. Avanzo por la carretera principal dejando manchas de verde y de azul a un lado y a otro. Praderas, estanques y salinas, playas de arena blanca y zonas boscosas se abren paso y se convierten en una sinfonía de recuerdos inaccesibles. Hace años, demasiados años, que no respiro el aroma de esta isla. Desde lejos, desde mi minúsculo piso de Londres, de vez en cuando la rememoro y veo cómo sopla el viento y llegan las barcas. En sueños veo las puestas de sol, y el faro de Barbaria, y el puerto de la Savina, y la Cova des Fum, de la que se cuentan tantas leyendas. Desde Londres, protegida por un muro de cemento, siempre con Paul a mi lado, fabulo y escribo sobre estas aguas. Pero nunca más he vuelto a acercarme a ellas.

«A Formentera nunca, Paul.»

Aparco la moto frente a una explanada que da a la playa de Es Canyers, apartada de las manadas de turistas. Atravieso un caminito de pinos y sabinas hasta que diviso el mar y me siento en la arena con las piernas cruzadas.

Contemplo el agua transparente, cristalina, de un azul intenso con manchas turquesa y, sin querer, el pensamiento de Julieta me estalla en la cabeza.

Durante un tiempo, vine cada día a una playa como esta tan solo a esperar a que algún día regresaras, Julieta. Deseaba que las olas me devolvieran tu cuerpo, quién sabe si comido o devorado por los peces.

Y ahora, veinte años más tarde, vuelvo a estar aquí moviendo con desazón los dedos bajo el agua y con los pensamientos volando hacia el mar. Y sé que no volverás, por mucho que lo desee, por mucho que cierre los ojos y sople una pestaña y pida el deseo de que algún día vuelvas a estar a mi lado, Julieta. Que algún día vuelvas convertida en una sirena.

Matilde

—Niña, tráeme un poco de panceta, hostia.

—¿Panceta, mamá? ¿Pero qué dices?

—Panceta, Helena. Tengo hambre. O un par de butifarras. ¿Qué ha sido de la cocinera que un día fuiste?

Observo a Helena, mi única hija, y pienso que se ha convertido en un espíritu de viento. Ronda los sesenta y tiene unos surcos profundos bajo los ojos, los párpados encendidos y las mejillas rosadas salpicadas de manchas de sol y de fuego. Como yo, como todas las mujeres de mi familia, conserva una melena infranqueable hecha de tirabuzones de calabaza y de corcho que le caen por encima de los hombros. Es esbelta, rebelde, indómita. Tiene los ojos inexpresivos, como guijarros. A menudo me pregunto qué secretos y rencores guarda en su corazón. En su corazón de hierro.

—Hija, ayúdame a levantarme, coño.

—Ahora no, mamá.

—Quiero tomar un poco el sol. Quiero ir fuera. Llévame un rato a la playa o a dar una vuelta en barca. Aquí me mareo. Y aún más si te veo todo el rato aquí, limpiando con esa cara tan mustia.

Helena clava la mirada en el infinito y se muerde las uñas, nerviosa. Trajina por la cocina colocando platos, vasos, cucharas, y limpia o barre todo lo que encuentra a su alrededor, no sea que la casa esté sucia. Helena, mi única hija, que antes sonreía y se bañaba desnuda en la playa, ahora se ha convertido en un espíritu de viento. Y los espíritus de viento están y no están, viven tristes y arrastran su amargura allá por donde van, pueden ensuciar los mármoles de la cocina con su nostalgia o bien dejar el suelo sucio en un mosaico de pisadas imposibles. A menudo la veo volar por la casa con su melena pelirroja hecha de brasas, flotando sobre los muebles del comedor. Es una mujer de agua, como todas las de nuestra estirpe. Y en el muslo izquierdo tiene la mancha en forma de coral, la misma que tengo yo y que tenía también Julieta. A menudo creo que esta mancha de nacimiento define a todas y cada una de las mujeres de nuestra familia. A todas menos a Greta.

—Hija, ¿cuándo vendrá Greta?

—Pronto, mamá.

—¿Pronto? ¿Cuándo demonios es eso? Concreta.

—No seas tan malcarada, mamá. Quizá ya esté aquí. Vendrá en un rato.

—¿Cuántos años tiene ahora Greta? ¿Dieciocho, veinte?

—Más, mamá. Treinta y cinco.

—¿Treinta y cinco ya? Y dice que ahora tiene novio.

—Yo no sé nada de su vida.

—Ay, hija, creo que me he meado en la cama. No veas cómo apesta esta mierda de cama, Helena. ¡Ayúdame! ¡Ayúdame, que me he mojado las bragas!

Helena pone mala cara y se me acerca con parsimonia. Cuando le preocupa algo, esta hija mía siempre hace el mismo gesto: aprieta la mandíbula, pone un rictus de tensión en los labios y me mira compungida con esos ojos perdidos de perro hambriento. Y ella venga a barrer la casa, siempre en silencio, abandonada a sus pensamientos, mar adentro, unos pensamientos que se han instalado en su interior y que ninguno de nosotros podrá arrancarle nunca. Su caja particular. La caja particular de Helena.

Ahora suena el teléfono. Un ruido estridente hace que nos pongamos en alerta.

—Hola, Greta —dice Helena con un hilo de

voz—. Tu abuela está en la cama. ¿Vienes? Pues hasta ahora.

Cuando salgo del baño, veo que Helena ya no está en el salón.

Se las ha pirado, la muy falsa. Y yo ya sé por qué. Siempre hace lo mismo cuando no quiere o no sabe enfrentarse a un problema. Y ahora que viene Greta resulta que esta maldita hija mía se va volando como un espíritu de viento. ¡Que le den!

Helena

Me voy corriendo camino abajo, la vista puesta en el mar, otra calle estrecha, sin mirar atrás.

La presencia de Greta, mi hija, después de tantos años, es un plato estrellándose contra el suelo, una piedra en el zapato, un grito fuera de lugar con un eco estridente y angustioso.

«No mires atrás, Helena», me digo.

El pasado, pasado está. No hay que removerlo. Aun así, me vienen a la cabeza los veranos maravillosos, las calas que visitábamos, las canciones de cuna y su amor incondicional por Julieta.

«Intenta encontrarte con ella y empieza de nuevo», me digo.

¿Cómo se le habla a una hija a la que decidiste dejar atrás?

Greta

Empujo la verja metálica con la vista fija en la luz amarilla de la mañana. Observo la buganvilla, que reluce fucsia en todo su esplendor y cae como una cascada sobre la fachada blanca, con los postigos azules que todavía se mantienen intactos. En el jardín, como si hubieran salido a recibirme especialmente para la ocasión, lirios, narcisos, una magnolia, un limonero y el majestuoso pino que la abuela bautizó hace años como «el árbol de los pensamientos».

—Este árbol es mágico y nos regalará palabras —nos decía siempre a Julieta y a mí.

—¿Y cómo sabemos que es un árbol mágico, abuela?

Entonces nos mostraba una cesta llena de letras pintadas y nos las hacía colgar en las ramas del árbol con hilos de todos los colores.

—Ahora os taparé los ojos —nos decía—.

A continuación, cada una de vosotras podrá tirar de las letras que quiera de las ramas y así inventaremos palabras nuevas e interesantes.

Con la abuela y Julieta creamos una nueva lengua para hablar de todo lo que nos apeteciera. *Gian*, *betitua*, *clerauuoo*, *juxae* y tantas y tantas otras palabras que nos inventábamos y que tenían todos los significados del mundo.

—¿Podemos inventar una palabra para hablar de la tristeza, abuela? ¿O para hablar de la felicidad? Cada palabra, un pensamiento.

En el porche, la mesa y el jarrón con el ramo de flores secas siguen exactamente en la misma posición, como si no hubiera pasado el tiempo. Recuerdo cuando hacíamos aquí las comidas familiares, con mamá, papá, la abuela y Julieta. La abuela preparaba un arroz de langosta, medio caldoso, «como a ti te gusta, Greta», y nos lo servía en platos hondos para que aprovecháramos todo el jugo que habían soltado los calamares. Más tarde llegaban las partidas de cartas, la mona o la butifarra, la siesta eterna de papá en la hamaca, y mamá con su cara delgada recogiendo platos y mirándome de reojo porque «sobre todo no hagas ninguna tontería, ¿eh, Greta?».

Pero ahora, vista desde fuera, la casa parece extrañamente desierta, como si nunca hubiera vivido nadie en ella. Ningún rastro de vida ni ningún sonido que provenga del interior.

Cojo la llave llena de polvo de debajo de la baldosa y entro en una estancia que hace demasiados años que no piso. Motas de polvo flotan en el aire y se depositan sobre los muebles, las cortinas, la mesa del comedor. Me viene el olor a sal marina, a mermelada de albaricoque, a bañadores colgados en el radiador y a la carne flácida de la abuela.

Olor a enfermedad.

Olor a muerte.

El nuevo olor de la abuela.

Dejo la bolsa en el suelo y contemplo el espacio que me rodea. Las cortinas aterciopeladas, la estancia con los cuadros con motivos marinos y las fotografías de Julieta apoyadas sobre la cómoda del comedor: Julieta vestida de azul el día de su cumpleaños, Julieta soplando las velas, Julieta y yo en la playa con un cubo lleno de conchas, mejillones y erizos, Julieta con el bañador verde de margaritas mirando y sonriendo a cámara. En la estantería se encuentran las leyendas ibicencas y formenteranas de la abuela, y una fotografía del abuelo junto a la barca, en la que se pueden ver claramente las letras pintadas de color verde palmera que dicen: BARCA MATILDE.

Grito: «¿Hay alguien?». Y no obtengo respuesta.

Avanzo poco a poco por un pasillo sombrío hasta que llego a la habitación de la abuela. Me sorprende verla vacía y con las sábanas perfectamente planchadas. Sobre la mesita de noche hay un ramo de flores secas y un cuenco de cerámica con conchas y minerales de varios colores. Los rituales de la abuela, que proceden del mar y de nuestros ancestros.

—Pondremos las conchas en un cuenco con agua de mar y unas cuantas algas —me decía siempre cuando era pequeña—, después lo mezclaremos con hierbas medicinales que nos traerán suerte durante todo el año.

—¿Puedo recoger más conchas, abuela?

—¡Será puñetera la niña! ¡Claro que puedes recoger conchas! Y también unos cuantos erizos. ¡Venga, corre, deprisa! Los erizos nos los comeremos y las conchas serán nuestro amuleto de la suerte, ¡que en esta familia buena falta nos hace!

Un ruido apagado, lejano, me obliga a levantar la cabeza. Me acerco a la ventana y desde allí arriba veo un cuerpo desnudo, una bola de carne flácida, languidecida, que se mete despacio en el agua con la ayuda de una muleta. Camina con las piernas temblorosas, con cuidado de no tropezar. Clavo las pupilas en esa mujer que se diluye y que se gasta y que hace demasiado que transita entre un tiempo y otro.

Hunde sus carnes en el agua y se sumerge durante un momento largo, siguiendo el mismo ritual de siempre. La abuela nace y renace, remoja los pies en el agua, camina entre los peces de colores... Y espera...

Yo sé perfectamente a quién espera. Cada noche, cada mañana, cada día.

Desde hace años.

Simplemente espera.

La abuela y yo estábamos en el piso de Barcelona y habíamos engalanado todo el comedor. Globos, confeti y un cartel inmenso de BIENVENIDA A CASA, JULIETA adornaban el salón y buena parte del pasillo. Recuerdo con imprecisión las bondadosas sonrisas de la abuela, los pasos cortos y el crujido del parqué, la música de fondo y el olor a pastel de chocolate terminándose de hornear: «Solo media horita, Greta, sobre todo que no se nos queme y que nos quede bueno de verdad». Me han dicho que yo, con tan solo cuatro años, gritaba con todas mis fuerzas: «¡Mi hermana! ¡Quiero conocer a mi hermana!», y la abuela se retorcía de la risa mientras terminaba de abrocharse las sandalias y colgaba el último globo en el hilo de tender del comedor.

—¿Cómo será mi hermana?

—Una sirena, como tú. Como todas las mujeres de nuestra familia.

—¿Y si yo no le gusto, abuela?

—¿Cómo quieres no gustarle, mocosa? Tú siempre viendo la vida desde un ángulo podrido. Tener una hermana es lo mejor que te puede pasar en la vida. Así no te aburrirás tanto como yo, que fui hija única.

—¿Y cómo será, abuela? ¿Cómo será?

—La llevaremos al mar, en Formentera, con la barca del abuelo. Y allí pasaremos los veranos. Y la llevaremos a buscar pulpos y medusas.

—¿Y erizos?

—Erizos también, claro.

—Pero ¿y si no le gusta el mar?

—¡Cómo quieres que no le guste la mar, cabeza de chorlito! A todas las mujeres de nuestra familia les gusta la mar. Cuando crezca la llevaremos a las cuevas marinas y le contaremos la historia de los piratas que se apoderaron del tesoro del rey Sigurd, que ahora reposa en el fondo del mar.

La abuela me había planchado un vestido de color musgo y me había puesto unos zapatos de charol, porque la ocasión lo merecía. Ver por primera vez a mi hermana me hacía sentir la niña más afortunada del mundo. Y también me hacía sentir insegura. Intuía, o sabía, que aquel sería un día importante para nuestra familia, porque así lo había decidido la abuela, y mis padres, y el mundo de los adultos, que decidían por mí y marcaban unas reglas de juego que yo desconocía.

Delante del espejo, la abuela me pasaba el cepillo por la melena oscura y llena de rizos.

—Este pelo tan complicado... No hay quien lo desenrede.

—¿Y si me lo cortas o me lo quemas?

—¡Qué tonterías dices, Greta! Tú siempre con esas ideas de bombero. Mira que no haber heredado el pelo de tu madre...

—Asesinaría a mi pelo, abuela. ¡Lo asesinaría!

Después, a lo largo de los años, sobre todo durante la adolescencia, me dediqué a planchármelo tanto como fuera posible. Miraba revistas y quería parecerme a las modelos que aparecían en ellas, siempre con el pelo liso o perfectamente ondulado como el de mamá o Julieta. Admiraba aquellas melenas precisas, bien definidas, tan diferentes de mi caótico pelo, que, como decía la abuela, era una maldición de los dioses.

Más tarde, no sé en qué momento, mis padres aparecieron con una especie de bola pequeña cubierta con una manta: una cabecita con reflejos azulados, unos ojos vivos que lo observaban todo, las luces, la pancarta, y que se detuvieron en mí, solo en mí, para dedicarme una leve sonrisa.

Al ver la pancarta, los globos y el confeti, mamá apretó los dientes con fuerza.

—¿Pero qué es todo esto?

—Una fiesta —contestó la abuela satisfecha.

—¿Una fiesta? ¡Pero a quién se le ocurre, mamá! ¿No veis que estamos agotados? ¡Acabamos de llegar del hospital, por el amor de Dios!

Entonces, mi padre y mi madre dejaron aquel trozo de carne tierna a mi lado, en la cuna, muy cerca de mí, y le dijeron a la abuela que venían de pasar diez días terribles en el hospital y no tenían el cuerpo para demasiadas fiestas.

Mi padre quiso apaciguar los ánimos añadiendo que el parto no había ido tal y como esperaban, que la niña tenía una tos que no se le iba y que le costaba mucho, demasiado, respirar.

Aquella noche reventé un globo de color azul y me acabé un trozo de pastel de chocolate amargo sentada sola en un taburete de la cocina. El salón estaba a oscuras y los muebles y las fotografías empezaban a llenarse de verdín. Pero todavía había globos, y confeti, y un silencio estremecedor que permanece grabado en algunos fragmentos desdibujados de mi memoria.

La abuela desenmarañó mi pelo imposible y me acostó.

«Bienvenida a casa, Julieta», le dije flojito.

Entonces fui hacia la cuna donde dormía, en la habitación de mis padres, y, con cuidado de que nadie me viera, le levanté un poco la ropita. Fue entonces, o quizá más tarde, no lo recuerdo, cuando le vi la mancha de coral en el muslo izquierdo.

«Bienvenida a casa, Julieta», repetí en mi interior.

La angustia y la inquietud me revolcaron por el suelo.

La abuela es una cabecita blanca de pelo erizado y un rostro arrugado en forma de pasa. Los surcos que tiene bajo los ojos, de color violáceo, me hacen pensar en dos cuevas marinas. Saca su mano vieja del bolsillo, como si se tratara de un pájaro muerto, y al verme se le iluminan los ojos con el color de la miel salvaje. Tiene el iris claro, como mi madre, lleno de pequeñas chispas. Desgastada, ahogada por los años, devorada por los cangrejos, su cuerpo no perdona. Camina con la ayuda de una muleta y se le dibuja una sonrisa franca en los labios.

—¡Greta! —me dice con un hilo de voz.

—No hables, abuela —le digo—. Siéntate, siéntate tranquila y descansa. —Le acaricio la frente y la acompaño hasta el sillón orejero de rayas blancas y azules—. Mira que meterte sola en el mar... Tienes que ir con cuidado.

La observo durante un rato sin decir nada, la

respiración profunda, y pienso que tengo ganas de abrazarla y de coserla a preguntas para saber qué ha estado haciendo durante todo este tiempo. Le acaricio una mejilla marchita.

—¿Dónde vives ahora, Greta?

—En Londres.

—¿Ya has visto a tu madre?

—No, todavía no. Y no tengo prisa por verla, abuela.

Ella asiente con la cabeza y los ojos se le llenan de vapor de agua. La observo y constato los estragos del paso del tiempo, que la ha condenado a ser una criatura frágil. Le cuesta mover la parte izquierda del cuerpo y por todas partes tiene moratones que parecen nubes. Respira con dificultad y toda ella tiembla. También tiene recuerdos, voces, músicas y palabras que se mezclan entre sí como si vivieran dentro de un sueño. «Ya ves, Greta. Un tropezón fue suficiente. Acabé en el suelo.» Pero, a pesar de los moratones, a pesar del rictus de dolor en el rostro, sigue teniendo la viveza de siempre, la viveza y la fortaleza de la abuela.

—¿Cómo ha ido el avión?

—El vuelo ha ido muy bien. ¿Cómo te encuentras tú, abuela?

—Hablemos de tu vida, pequeña, que seguro que será mucho más interesante que la mía.

Entonces me pregunta por Paul y yo siento los

nervios en la boca del estómago. Quisiera evitar hablarle del tema, pero la abuela me mira fijamente y sé que no puedo engañarla.

—Con Paul estamos muy bien. ¿Quieres ver una foto suya? ¿Recuerdas que te hablé de él en una carta?

La abuela asiente con la cabeza en un gesto coqueto. Algo es algo.

Le acerco el móvil y le enseño una de las fotografías que Paul y yo nos hicimos hace un año, cuando celebramos nuestro tercer aniversario. Estábamos en Roma, en uno de nuestros viajes improvisados, frente al Coliseo, sonrientes y mirando a cámara. Le hablo del barrio de Trastevere, de las largas caminatas por la ciudad, de los deliciosos platos de pasta que comimos en un restaurante del centro. Porque Paul y yo hace cuatro años que salimos y vivimos juntos, abuela, me parece que esto ya te lo dije en una carta. Intento destacar los buenos momentos y edulcorarlos con anécdotas que me parece que la harán reír. Que si es tan divertido, que si en Londres estoy tan bien... Y evito hablarle de nuestra última conversación, de la ruptura inminente, del «Me voy, Paul» y del «No me puedes hacer esto, Greta». Pero me parece que la abuela no acaba de tragarse mi historia.

Durante estos años, un tiempo indefinido, mi abuela y mi padre han sido las únicas personas de la familia con las que he mantenido un mínimo contacto. Tal como ella me pidió, nos hemos escrito —«Siempre por carta, bonita»—, hablando sobre todo y sobre nada, contándonos un pedacito de nuestras vidas. Cada carta, una palabra mágica, Greta. Una palabra inventada en nuestro lenguaje secreto, el del árbol de los pensamientos.

Aprovechaba cada texto para resumirle un poco mi mundo.

Que si estoy estudiando guion en Madrid y ahora vivo con unos compañeros de piso, abuela. Que si más tarde he encontrado mi primer trabajo. Y no sé qué me pasa que tengo unos nervios en el estómago porque acabo de conocer a un chico que me gusta mucho. Y ahora vivo en Copenhague, con una amiga que me ha ofrecido compartir piso durante un tiempo. Trabajo de camarera en Berlín y esta ciudad es una pasada, abuela. Y me estoy metiendo en el mundo del cine. He rodado mi primera peli, como ayudante de producción. Pero yo quiero escribir, abuela. Quiero escribir mi guion. Y no sé por qué pero me da miedo, abuela, mucho miedo. Y sé valiente, Greta. ¿Cómo era nuestra palabra secreta?

¿*Gyan*?

¿*Phaus*?

¿*Kirssa*?

Tú sé valiente, Greta, y cree en el amor.

Firmado, tu abuela.

Veo que se cansa al hablar y le prometo que cada día vendré a verla un rato. Sé que mamá viene a cuidarla por las mañanas, así que me lo montaré para venir por las tardes y así no coincidir con ella. Solo la abuela y yo. Compartiendo las tardes. Cuidándola, mimándola, haciéndole compañía y, sencillamente, escuchándola durante todo el tiempo del mundo.

—Vuélveme a contar una de tus leyendas, abuela —le digo para sacar algún tema de conversación.

De repente se le iluminan los ojos y dirige la mirada hacia la ventana. Al árbol, a las nubes, al mar:

—Había una vez una sirena que se enamoró del farero del cabo de Barbaria. El hombre dejó a su mujer y a sus hijos y se fue mar adentro a vivir con ella.

—¿Pero eso no es maravilloso?

—No, durante tres días y tres noches seguidos los barcos se estrellaron contra las rocas. Decían que era el alma del marinero, que había muerto a manos de la sirena y, enfurecido, buscaba venganza.

—¿El hombre quería venganza? ¿Pero no se había enamorado de la sirena?

—Hay sirenas buenas, como tu hermana, y sirenas malvadas que chupan el alma de los marineros que han muerto. Adoptan una apariencia humana y, de noche, se cuelan en las casas de Formentera para robar collares o anillos de perlas.

—¿Y la gente?

—A algunos hombres los cautivan, y a las mujeres les echan mal de ojo, porque en el fondo son algo brujas...

La edad de la abuela, noventa y tres años, no le impide sumergirse en el mundo de las leyendas de su tierra. Siempre ha transitado entre diferentes mundos, rodeada de espíritus, de serpientes marinas, de sirenas, de seres inmateriales que asegura que le susurran historias al oído. Ahora que está más débil que nunca es cuando más siento que conecto con la abuela de años atrás.

Me despido con un abrazo cálido que me remite a los abrazos de mi infancia. Los ojos se me humedecen, pero de nuevo siento la piedra en el estómago, que se convierte en un compartimiento liso y compacto.

—Hasta mañana, abuela.

—Ay, carajo de niña. No fastidies que te veo llorar. Ven aquí, desastre. Y no me toques demasiado que apesto a pipí.

Cuando salgo me cruzo con mamá, con Helena, a quien no he visto desde hace tantos años. Las dos nos quedamos mirándonos un instante eterno sin saber muy bien qué decirnos.

—¿Todo bien, Greta?

—Todo bien, Helena.

Y echo a andar hacia el hostal con un único propósito: emborracharme.

Palabras inventadas por mi abuela y por mí:

Gian: quiere decir saber poner palabras al dolor, romper el silencio.

Cratax: quiere decir morirse de felicidad.

Korainu: quiere decir sentirse triste pero no saber reconocerlo.

Blachu: quiere decir habitar en otro mundo, un mundo lejano, más allá del nuestro.

Helena

Ver ahora a Greta, mi única hija, después de tantos años, es un puñetazo en el estómago. Mira que es guapa. Diría que ha adelgazado, eso sí, pero sigue teniendo los mismos ojos vivos e inquietos de siempre. Rezuma audacia, inteligencia, vigor. Tiene un rostro atractivo, insondable. Quisiera acercarme a ella y decirle que estoy contenta de verla después de tantos años, pero las palabras se me atascan en la garganta y no me dejan respirar. No sé lo que me pasa con mi hija Greta. Durante años le envié un montón de cartas, cientos, aunque ella nunca me las contestó. Y yo me conformaba con saber que la niña deambulaba por el mundo, sola, sobreviviendo, que se había hecho toda una mujer y, al parecer, no quería verme ni me echaba de menos.

Más tarde, cuando alguna vez mamá recibía cartas suyas y me enseñaba alguna foto, yo me desvivía intentando imaginar cómo sería su vida y me entretenía contemplando los objetos que veía a su alrededor. Ampliaba la fotografía y podía ver qué libro estaba leyendo, o cómo era la cámara de filmar que estaba apoyada en la estantería, el ordenador, una gabardina verde hasta los pies. ¿Sería ya tan alta como yo? A través de los objetos que aparecían en la foto me imaginaba una vida hecha de pedacitos que yo sencillamente hacía el esfuerzo de recomponer sin éxito. Y entonces fabulaba un rato con aquellos ojos que se intuían bajo un mechón de rizos castaños, con su mirada oscura y risueña, con los labios pintados de un rojo estridente que debían de ser el presagio de alguna noche de fiesta.

Ahora que observo este apartamento de paredes blancas, el apartamento que he alquilado estos días para estar cerca de mamá, me pregunto qué podría hacer para acercarme a Greta. Quisiera abrazarla y decirle: Perdona si durante este tiempo no te he buscado. Perdona si no he sabido acercarme a ti. Perdona si algún día tomé una determinación que nadie de la familia supo aceptar ni comprender.

Y en mi imaginación reiríamos, y nos abrazaríamos para decirnos que nos hemos echado de menos, y sellaríamos un pacto de sangre para no hablar más de ello y encontrar las palabras acertadas para consolarnos. ¿Cómo eran esas palabras?

¿Gian?

¿Phullius?

Pero no. A diferencia de mamá, yo no creo en cuentos de hadas. Ni en fábulas, ni en leyendas, ni en cuentos de buenas noches con un final esperanzador y bonito como el que suelen tener las películas.

—Helena, ¿ya has visto a Greta? —me llama ahora mi madre, metiéndose como siempre donde no la llaman—. Oye, ahora que tienes la oportunidad, deberías hablar con ella.

—Tal vez mañana lo haga, mamá. Tal vez mañana.

Matilde

Mira que llega a ser salvaje mi hija Helena. Puñetera, egoísta, encerrada en sí misma, nunca sabes qué piensa o lo que le pasa exactamente por la cabeza. Y, sin embargo, es tan débil y vulnerable que nunca sé cómo echarle una mano. Las he hecho venir aquí para ver si estas dos mujeronas hechas de agua hacen finalmente las paces, porque, por muy egoísta y orgulloso que seas en la vida, no hablarte con una hija o con una madre pasa una factura importante. Así que ya es hora de que estas dos miren hacia delante y se digan las verdades a la cara. Y de que también yo les cuente a ellas todos los secretos que durante tanto tiempo les he ido escondiendo. Lo que pasa es que, si me obligaran a volver atrás, lo haría todo igualito. Bueno, todo no. Lo de casarme con mi marido no lo haría. Pero tendría una hija como Helena, y criaría a dos nietas preciosas como Greta y Julieta, y diría todas las mentiras que llegué a decir para proteger a Greta. Y es que hay secretos que no es necesario que se sepan, porque según cómo se digan aún pueden hacer más daño.

—¿Que las reúna a las dos? Sí, ya lo sé, Julieta, ya lo sé. Los cadáveres bajo la alfombra no hacen ningún bien a nadie. Pero me parece que todavía esperaré unos días. Que se hablen, que se traten con más naturalidad, y en el momento que menos se lo esperen, pam, les contaré unas cuantas cosas.

—Que sí, no hace falta que me insistas más... Todo a su tiempo, Julieta. Todo a su tiempo...

Greta

Mis padres se habían quedado en casa cuidando de Julieta y la abuela me había llevado a Ibiza, a un circo ambulante que montaban cada verano.

Cuando llegamos a casa, mi madre estaba en la cama con Julieta —aquella tos profunda que salía del fondo de su alma— y mi padre aprovechaba para escribir alguno de sus interminables informes para el despacho. La abuela me dijo que no hiciese ruido y que dejase la pecera que habíamos comprado sobre la mesa del comedor.

—Le daremos una buena sorpresa a tu hermana con estos peces tan bonitos —me había dicho cuando estábamos en el circo.

Una vez sola, me quedé mirando aquellos tres peces a través del cristal sucio lleno de marcas de dedos. Naranjas con rayas negras, abrían la boca buscando una migaja de comida o quién sabe si un bote salvavidas.

Los veía nadar en círculos, como autómatas, sin ninguna ruta preestablecida, sin anhelar ningún destino concreto.

—Greta, ven. Ven a preparar la merienda conmigo. ¿Qué te parece si hacemos *orelletes*? —gritó la abuela desde la cocina.

Pero yo observé aquellos peces, a los que no les crecían las aletas y que no hablaban como los de los dibujos animados, y me pregunté dónde iban, qué hacían dentro de la pecera, qué sentido tenía su existencia, si es que tenía alguno.

Sin pensármelo dos veces, agarré uno con los dedos haciendo pinza y lo dejé encima del sofá. El pez se movía, saltaba, palpitaba. Abría la boca en busca de oxígeno y movía el ojo derecho hacia arriba intentando descubrir si había un bote salvavidas. Hice lo mismo con el segundo pez, que me resbaló de las manos y volvió a caer al agua. Pero conseguí sostenerlo entre los dedos y lo coloqué en el sofá, junto al primer pez naranja. El tercero era el más grande y luminoso: piel fría y pegajosa. Lo cogí y lo coloqué al lado de los otros, en fila. Los tres se retorcían, sacudían la cola, uno de ellos consiguió saltar al suelo y se desplazó unos cuantos centímetros hasta que se quedó quieto, haciéndose el muerto, debajo de la mesa. «¿Cuál es vuestro destino, pequeños peces de circo?», les pregunté con la mirada insidiosa y la cabeza llena de niebla.

El primer pez dio varios saltos y, de pronto, dejó de respirar. El segundo pez se me murió en las manos, con la boca abierta y los ojos de color de cera enfocando el techo. Al tercer pez le apreté el vientre con fuerza y vi cómo de dentro le salía una masa pastosa que enseguida se desparramó por el suelo.

La abuela salió de la cocina y observó los peces muertos con las pupilas encendidas.

«¿Qué has hecho, amor mío?»

«¿Qué has hecho?», me dijo papá, que había salido del despacho y, atónito, dirigía la mirada hacia el suelo.

«¿Qué has hecho?», exclamó mi madre saliendo de la habitación con sus hilos de coser y Julieta, siempre Julieta, en brazos como si fuese una prolongación de su propio cuerpo. «¡Eres una niña mala!»

Todos observaron aquel cúmulo de órganos: tripas, espinas, el ojo derecho aplastado bajo la mesa del comedor, y mi madre me soltó un guantazo en la cara que resonó en toda la estancia. ¿Por qué haces estas cosas, Greta? Desde que ha nacido Julieta estás...

Más tarde, en la habitación, con Julieta al lado, que dormía plácidamente en la cuna, pensé en el bote salvavidas que debía salvar a aquellos tres tristes peces de circo. Todo era negro, el mar y Julieta, y los peces muertos que estaban dentro de mí eran engullidos por una ballena. Me sentí succionada muy adentro, con furia, hasta unas profundidades que desconocía.

«Eres una niña mala.»

Estoy tumbada en la cama, con los ojos fijos en la grieta del techo, y me pregunto qué hago aquí, en esta pensión destartalada.

Desde que me fui de Barcelona, y de Formentera, desde que dejé atrás un mundo en el que no me apetecía vivir, no he vuelto a poner los pies aquí, en esta isla. Cada verano, con Paul, organizamos un viaje, y durante años he evitado volver a Formentera y a cualquier lugar de mar. Me gustan las ciudades, le confesaba siempre a Paul con un cigarrillo colgando de la comisura de los labios. El bullicio, los bares, los teatros, los cines, los cafés de la esquina, el olor a humo y polvo. Y el anonimato. Sobre todo el anonimato, que me permitía empezar de nuevo allá donde estuviera, lejos de esta isla, lejos de los recuerdos que me asaltaban cada noche y que todavía ahora permanecen sumergidos en la memoria.

—¿Por qué no me hablas de tus padres?

—me preguntó un día Paul, al principio de nuestra relación.

—Mi padre vive ahora en Madrid, lo veo de vez en cuando.

Se hizo un silencio grave y las palabras, mis palabras, resonaron por toda la habitación.

—¿Y tu madre?

—No tenemos ninguna relación. Hace años que no hablo con ella.

Durante años evité hablarle de mi madre, y sobre todo de mi hermana, Julieta, a la que me unían tantos recuerdos. Con ella compartíamos juegos, ratos en la playa, las historias fantásticas de la abuela, los collares de conchas y algas hechos con moluscos y pequeños cristales. Le conté que había vivido en distintas ciudades del mundo, siempre de un lado para otro, una vida entre cajas, cuatro libros y un ordenador por si en cualquier momento se me ocurría una idea para escribir un relato, o un guion, o un poema que estallase en mi mente como fuegos artificiales. «Porque a ti te gustan las palabras, Greta», me decía siempre la abuela. «La fantasía ya la pongo yo. Pero tú encárgate de buscar las palabras adecuadas.» Despertarme en algún rincón del mundo y preguntarme cuál sería el siguiente punto de partida me hacía sentir que no tenía raíces en ningún sitio. Y eso me gustaba, hacía que me sintiera libre, ávida de nuevas sensaciones, sin un pasado que tuviera que arrastrar con cadenas, sin un presente que tuviera que considerar como definitivo. Copenhague, Berlín, Lisboa..., trabajos varios y sin ningún tipo de interés para ir tirando, subsistiendo de un modo u otro. Hasta que empecé a acercarme al mundo de la ficción, trabajando primero como ayudante de dirección en rodajes y, más tarde, interesándome por la labor de dirección para ver desde cerca cómo se tejían las historias. Y papá a veces me enviaba dinero. Y la abuela, en secreto, también. «Pero sobre todo no lo malgastes, ¿eh? Y a ver si algún día te dignas a venir a ver a tu abuela, ¡que me tienes aquí medio olvidada! ¿Te acuerdas de Formentera, cabeza de chorlito? ¿Recuerdas que aquí tienes una familia?»

Paul comprendió que, si quería seguir a mi lado, no tenía que volver a hacerme preguntas. Desde entonces prácticamente no hemos vuelto a hablar al respecto. Hasta que un día, hace un par de semanas, recibí un mensaje de Helena:

«Tu abuela se ha caído, Greta. No está bien. Le gustaría mucho verte».

A partir de ese momento se desató un aluvión de gritos y discusiones. Y de pronto sentí una gran necesidad de irme y volver a ver a mi abuela. Quería abrazarla, hacerle preguntas, comérmela a besos... No podía ser que la abuela se encontrase mal y yo no estuviera a su lado para cuidarla. Entonces Paul me preguntó: «¿Puedo ir contigo, Greta?».

—No, Paul. De hecho, necesito un tiempo para pensar. No sé lo que quiero. Necesito irme sola...

Formentera y la casa de la abuela adquirieron una fuerza insolente, y también estaba el reencuentro con mi madre después de tantos años, lo cual se me hacía insoportable. ¿Qué nos diríamos? ¿Qué haríamos? ¿Hablaríamos en algún momento? Durante años, el pasado había sido una imagen borrosa, una especie de espectro, una pesadilla que me despertaba de repente y me saboteaba los días y las horas. Pero, al mismo tiempo, era un pasado lejano, un pasado que yo sentía que tenía bajo control, sin que pudiera hundirme ni condicionarme la vida. Y entonces llegó aquel giro de guion, un golpe de timón a la izquierda. Las palabras de Helena, «Tu abuela se ha caído, Greta. No está bien. Le gustaría mucho verte», sacudieron los cimientos de un edificio que a duras penas se mantenía en pie. Entonces sentí que el pasado me interpelaba, que se rebelaba contra todo pronóstico, que me pedía que actuara, a pesar de que era evidente que no había nada en el mundo que yo pudiera hacer para solucionarlo.

—Me voy, Paul.

—Voy contigo.

—No. No hace falta que vengas.

Y entonces hice lo que siempre me sale hacer como mecanismo de reacción. Un paso hacia el abismo y:

—No sé si quiero continuar con lo nuestro, Paul...

La decisión ya estaba tomada y no había quien lo frenara. Hice la maleta y compré el primer vuelo que encontré disponible. «Tengo que irme, Paul.»

Salgo del hostal y paseo por el pueblo de Sant Ferran, que a estas horas empieza a estar animado y lleno de gente. Delante de mí, grupitos de guiris estallan en una sinfonía de colores inadmisibles. Beben, ríen, hacen espirales con el humo de sus cigarrillos, se convierten en los reyes de la fiesta. Todos tienen cara de «langosta escaldada», como dice siempre la abuela, «para asar a la brasa y empacharte a gusto».

Me siento a la mesa de una terraza y fumo compulsivamente un cigarrillo tras otro. Las personas que hay a mi alrededor conversan, apuran sus gin-tonics, comentan la excursión que han hecho a una cala preciosa o la visita obligada de mañana al faro de Barbaria. Aquí veníamos con la abuela algunas noches, cuando era pequeña y mis padres nos enviaban unos días a casa de los abuelos mientras ellos terminaban sus trabajos en Barcelona. Formentera era verano, vacaciones, calma, corretear y disfrutar de un mundo que nos arrullaba y que nunca dejaba de sorprendernos. Si Paul estuviera aquí podría enseñarle la isla, pienso. Pero hay algo de Formentera, o quizá de mí, que siempre he mantenido en secreto en mi memoria. Una memoria hecha de ficción. Una memoria hecha de leyendas de la abuela.

Me dirijo a la playa para fumar el último cigarrillo antes de ir a dormir. Me siento en la arena y contemplo el vaivén de las olas y escucho el rumor del mar.

De repente, entre la oscuridad, una figura rutilante avanza hacia mí paseando por la arena. Es un hombre más o menos de mi edad, camina con los pies descalzos y de vez en cuando se agacha a recoger algo que no consigo ver.

De entrada, su imagen me inquieta. Me pregunto qué hace aquí un hombre solo a estas horas de la noche, en medio de la playa, y me digo que tal vez debería ir yendo hacia el hostal para mañana levantarme temprano y aprovechar para trabajar un rato. Entonces veo que se agacha otra vez y recoge un par de monedas que se le deben de haber caído a algún turista despistado. El hombre guarda las monedas en una bolsa que lleva colgada a la espalda y sigue avanzando, lentamente, como si no tuviera ninguna prisa. Me lo quedo mirando y me parece percibir un deje de familiaridad en su rostro.

Estamos muy cerca, el aliento en la cara, nuestros ojos fijos en los del otro.

—¿Greta? ¿Eres tú? ¿No me reconoces? Soy Max.

Max, el niño que era el gordito de la pandilla, el niño que no paraba de hurgarse la nariz, el niño que de pequeño jugaba con Julieta y conmigo, y nos enseñaba su faro, y recogía cangrejos y conchas en la playa con una sonrisa dulce en los labios, ahora se ha convertido en todo un hombre.

Me deslizo a través del flujo del tiempo y me lo quedo mirando atentamente. Aquí, plantado delante de mí en la arena, parece una figura borrosa, casi un espectro. Tiene los ojos de un color azul piscina.

—¿Max?

—Sí, soy yo. El hijo del farero de la Mola. ¿Te acuerdas?

—Sí.

—Ostras, Greta. No has cambiado tanto...

—Y tú tampoco...

Me levanto de un salto y voy hacia él para darle un gran abrazo. Huele a tabaco, a madera, a algún efluvio de mar; de un mar mucho más lejano que el nuestro.

—Hola, Max —le digo algo incómoda—. ¿Y tú qué haces aquí? ¿Cómo es que estás en Formentera?

—Me fui hace mucho tiempo, pero ahora he sentido la necesidad de volver.

Me quedo pensando en sus palabras y me pregunto si realmente esta isla tiene un magnetismo especial que te arrastra hacia ella.

—Vengo cada noche cuando se pone el sol. Me dedico a recoger todos los objetos que encuentro en la arena: conchas, gomas de pelo, monedas, mecheros, bolígrafos, paquetes de tabaco..., todo lo que encuentro.

Su particular afición resulta para mí todo un misterio.

—Cada objeto nos habla de una persona en concreto, de una vida... Recojo todo lo que puedo y lo guardo en esta bolsa para después llevármelo a casa.

—¿Y qué haces con esos objetos? —pregunto intrigada.

—Simplemente los colecciono. —Entonces me enseña una bolsa llena de objetos que no acabo de comprender del todo. Hay de todo tipo—. He hecho algunos cuadros con estas conchas o lápices de colores. Otros me han servido para inventar historias. ¿Y tú, Greta? ¿Qué te ha traído hasta aquí?

Me quedo unos segundos pensativa y por un momento no sé qué contestar. Los porqués. Mi vida no tiene muchos porqués, o quizá precisamente tiene demasiados e intento rehuirlos como puedo a la espera de una nueva e interesante pregunta. Apuesto por la vía fácil y ofrezco una respuesta evasiva.

—Mi abuela no se encuentra demasiado bien. He venido a cuidarla.

—¿Qué le ha pasado?

—Se cayó y está muy débil.

—Y tus padres, ¿cómo están?

—Bien, gracias.

—¿He hecho alguna pregunta que...?

—No, no —lo interrumpo—. Mi padre está bien. Lo veo de vez en cuando. Ahora vive en Madrid. Mi madre va tirando, supongo. No sé nada de ella.

Hago ademán de querer concluir la conversación cuando él levanta las cejas y me tira del brazo suplicándome con la mirada que no me vaya. Todavía.

—Venga, quédate un rato conmigo. Contemplemos este mar —me dice con una sonrisa.

Encontrarme ahora a alguien del pasado, a alguien de tantos años atrás, hace que me sienta extrañamente vulnerable. Me ocurre cuando pienso en mi madre o en la abuela. De repente quiero echar a correr e irme lo más lejos posible para buscar otras historias que partan de hojas en blanco.

Acepto quedarme con él y pasamos un rato hablando del pasado y esquivando como podemos el tema de Julieta. La conversación fluye con una naturalidad impropia de un primer contacto. Me cuenta que a los dieciocho años se fue a Barcelona para estudiar y que ha viajado por todo el mundo, pero que ahora ha vuelto a vivir aquí, «donde se está de puta madre, Greta». Le han dado un trabajo de camarero en Sant Ferran que durará de abril a septiembre «y después ya veré lo que hago. Así que, de momento, tendré que soportar a todos los guiris de la temporada alta a cambio de ganar algo de dinero. Pero aquí se está bien y no me pagan mal. Vivo en una de las barracas de pescadores a pie de playa, donde se duerme de maravilla. ¿Querrás verla algún día, Greta?».

Yo le cuento que vivo en Londres y que trabajo en una productora haciendo diversas tareas, pero que mi sueño es vender un guion y llegar algún día a hacer una película. Escribir mi propia historia. Parece interesado en mí y me dice que de pequeño le gustaba mucho jugar conmigo y con Julieta.

—¿Recuerdas cuando íbamos a celebrar las fiestas de Sant Pere a las Illetes? Es curioso haberte reencontrado, Greta.

—¿Cuántos años hace...?

—Muchos. Desde que Julieta se...

—Tienes razón, Max —lo corto—. Muchos. Demasiados.

Entonces sonríe y veo que me mira con unos ojos llenos de ternura. Él, como Paul, sabe que si quiere estar a mi lado no debe hacer más preguntas.

Habíamos ido a la playa de Migjorn y allí nos habíamos encontrado con Max, Olivia, Rosa y algunos otros niños o niñas de la pandilla con quienes coincidíamos de vez en cuando y que a lo largo de los años se han ido transformando en figuras borrosas. Mamá nos había prohibido bañarnos en el mar —era el mes de enero y hacía un frío que pelaba—, pero Max y yo, los mayores del grupo, desobedecimos sus órdenes. «¿Jugamos a llegar hasta la boya?»

Yo observé el cuerpo desnudo de Julieta y su enigmático aspecto de sirena.

Tenía el pelo azul y se le empezaban a formar pequeños tirabuzones como a todas las mujeres de nuestra estirpe. El tono de su piel, con suaves reflejos azulados, y la lentitud de su movimientos evocaban a una habitante de las aguas. Tenía algo de pez, y si hubiera tenido escamas habría sido claramente una sirena, pero las dos piernas, finas como un tronco de aire, le proporcionaban un porte de personaje mitológico, medio niña medio pez, que ninguno de nosotros sabía exactamente cómo describir.

Cuando caminábamos por las calles de Barcelona, o en verano cuando estábamos en Formentera, la gente se volvía al verla avanzar, a pasos cortos, y se quedaban admirados de tanta belleza. Pero ella no parecía darse cuenta y seguía jugando como si nada, siempre siguiendo mis pasos, ajena a los comentarios que suscitaba entre la gente del pueblo.

—Esta niña parece venida de otro mundo —decían.

Y también:

—Es guapa. Realmente preciosa. Parece que venga del mar y sea una sirena.

Mientras me llenaba las manos de agua salada, me fijé otra vez en su muslo izquierdo. Ver la mancha de cerca era una ofensa personal, una especie de infamia. Julieta la sirena, la niña pez, la delicada y enferma, Julieta la de la mancha de coral, no como yo, la del cabello oscuro e infranqueable.

—¿Jugamos a saltar las olas? —propuso Max mientras se dirigía hacia el agua.

Entonces Julieta metió los pies en el agua y empezó a saltar las olas muerta de miedo. Mamá la había llevado poco a la playa. Y cuando lo hacía le decía que no se bañara mucho rato para que no se resfriara y se volviera a poner enferma como le pasaba a menudo.

—Tienes una hermana muy extraña —me dijo Rosa con un punto de mala baba—. Mi madre dice que en vuestra casa estáis todos pirados.

Fui hacia ella y le di un empujón.

—No te atrevas a meterte con mi familia. Y menos con mi hermana.

—¡Miradla! —gritó Rosa—. Tiene el pelo azul. Esta niña tiene que ser una criatura maléfica.

Que se metieran con mi hermana, que la insultaran, despertó una rabia que estaba adormecida en mi cuerpo. Me abalancé sobre ella y empecé a darle puñetazos, uno tras otro, hasta que la dejé aturdida en el suelo. Ni el intento de Max de separarnos ni los gritos de Julieta —«¡Para, Greta, para!»— pudieron evitar que me vengara de Rosa con el único objetivo de defender a mi hermana.

Cuando mi madre llegó a la playa soltó un grito estremecedor:

—¿Pero qué has hecho, Greta? Y tú, Julieta, ¿por qué te has metido en el agua? ¿No ves que te puede pasar algo? ¿No ves que te puedes resfriar?

Aquella noche, como tantas y tantas otras, Julieta volvió a toser y vi cómo mamá se la llevaba a la cama y la tapaba con las mantas. Se tumbó a su lado y empezó a acariciarle el pelo azul mientras yo las observaba en secreto desde el umbral de la puerta con el puño bien cerrado de pura rabia.

Entonces mi madre sacó el hilo y la aguja y empezó a coser. Cosía deslizando a toda velocidad sus dedos nerviosos, como si tuviera prisa por terminar una prenda. Cosía la cama, las almohadas, las sábanas, la mesita de noche, incluso a Julieta.

Quería coserla hasta envolverla en un capullo del que nunca pudiera escapar, para después meterse ella dentro.

Helena

—¿Qué vamos a hacer con esta niña? —le susurraba algunas noches a mi marido, Ernest.

—¿Con quién? ¿Con Greta?

—Cada día la veo más distante. Tiene una imaginación enfermiza. Y no para de hacer tonterías. Contigo todavía se relaciona. Pero conmigo...

—Pasas demasiado tiempo con Julieta.

—Y qué quieres que haga si está siempre enferma, pobrecita.

—Deja de llamarla pobrecita. Julieta es más fuerte de lo que nos pensamos.

Entonces Ernest me acariciaba el pelo naranja y me decía que, aunque yo no lo supiera, era la mejor madre del mundo y que Julieta había sobrevivido gracias a mis cuidados diarios.

—Pero ha llegado el momento de soltarla, Helena. Julieta ya no está tan enferma. Tiene la salud algo delicada, eso es todo. Es más fuerte de lo que creemos. Confía en ella.

Y yo recordaba cuando me la dieron en brazos y el médico nos dijo que la niña no aguantaría más de una semana y sentí que el mundo se hacía añicos a cámara lenta. La apreté contra mi pecho e hice la promesa de que si se salvaba dedicaría toda mi vida a cuidarla. Pero ella me miraba con sus ojos frágiles, con su carita rosada, mientras su cuerpo se desvanecía y palpitaba despacio, extinguiéndose entre mis dedos, siempre entre la vida y la muerte, emitiendo pequeños gritos de auxilio. Me volqué en cuidarla como si en el mundo solo estuviéramos ella y yo. Y conseguí que poco a poco empezara a tomar el pecho, y que un buen día abriera los ojos, y que se le reblandeciera aquella tos tan espantosa gracias a mi amor y a los ungüentos que le preparaba mi madre.

De vez en cuando la veía en brazos de su hermana y los ojos salvajes de Greta se me clavaban en el pecho y sentía un escalofrío que me recorría el cuerpo. Aquella manera de mirar a Julieta, sus ojos opacos, las pupilas fijas en mi muslo, donde tenía la mancha en forma de coral marino.

«¿Qué te ocurre, Greta?», le intentaba decir.

«¿Quieres venir conmigo?»

«¿Quieres venir con Julieta y conmigo para que te cuente un cuento?»

No sé si fue en ese momento o más tarde cuando, al ver cómo miraba a Julieta, empecé a percibirla como una amenaza.

¿En qué momento empecé a querer más a una hija que a la otra?

Greta

—¿Dónde está la puñetera de mi nieta?

—Aquí, abuela, ya voy.

—Cada día llegas más tarde. Y mira qué ojos me traes. No me digas que ayer saliste de fiesta.

—¿Sabes a quién me encontré en la playa, abuela? A Max.

Veo que intenta pensar, pero su cabeza piensa con lentitud.

—¿Era un veraneante?

—No, vivía aquí, abuela. No era un veraneante como nosotros.

—Habla por ti, querida. Mi vida está ligada a esta maldita isla. Hace demasiados años que vivo aquí. Para lo bueno y para lo malo. Ah, niña, no te imaginas lo mucho que quiero a esta isla. ¿Y quién dices que es ese tal Max?

—El hijo del farero de la Mola. De pequeño iba con la pandilla, con nosotras. —Evito decir el nombre de Julieta.

—¿Ese? Pero si diría que su madre me dijo que se había ido a la otra punta del mundo...

—No, abuela, ha vuelto. Me hizo ilusión encontrarlo. Estuvimos hablando un buen rato...

Le acaricio el pelo deshilachado, cuatro hilos en forma de telaraña, y le seco un gusanillo de baba de la comisura de los labios. Los pensamientos de la abuela pasean entre sus ojos como pompas de jabón. Le toco sus blandas manos y le digo que si quiere le puedo hacer la manicura.

—¿Qué tonterías dices? ¿Quién se iba a fijar en una vieja como yo?

—Puedo pintarte las uñas de colores, si quieres. Una lila, otra verde...

—¿Tú? ¡Venga, va, pero si no has sabido hacer nada de provecho en toda tu vida! ¿Ahora te pintas las uñas de colores? ¿Y qué haces con ese pelo tan corto y medio rapado? ¡Pareces un niñato de una banda punki de esas! ¿Dónde están tus rizos?

Dicho por la abuela, incluso me hace reír. Su tono de voz, su sentido del humor, su franqueza a la hora de abordar cualquier tema y romper los silencios que siempre nos acompañan.

—¿Y ese Paul te soporta?

—Sí, como a ti el abuelo, supongo...

—Tu carácter no es nada fácil, cielo...

—Ay, abuela.

—¿Todavía sigues con aquellas ideas de bombero que tenías de pequeña?

—Mira quién habla, la que se baña desnuda en el mar.

—La mar conoce nuestros secretos. Cuando quiero saber algo, me siento un rato en la arena y le hablo...

—¿Hablas con el mar?

—Claro que sí, niña, cada día. Si lo observas atentamente, puedes ver las criaturas que viven bajo el agua. Sirenas, serpientes marinas...

—No digas tonterías, abuela.

—Algún día, el mar nos devolverá a tu hermana Julieta. Nos la devolverá convertida en sirena.

Un silencio grave se instala entre nosotras y las pompas de jabón estallan en el aire, sobre nuestras cabezas, como si fueran fuegos artificiales de la noche de Sant Pere.

—¡Qué diablos vas a saber tú del mar! Si a la que pudiste te largaste bien lejos, no fuese que esta abuela se pusiera enferma y la diñara algún día.

—Pero ahora estoy aquí contigo. He venido a cuidarte.

—Y yo que te lo agradezco. ¿Te he dicho que has adelgazado mucho? ¡Pareces un esqueleto con patas!

Dejo a la abuela durmiendo y atravieso el porche de la casa para ir a buscar la moto. Me digo que escribiré un rato, a ver si hoy me sale algo de provecho. Al salir me cruzo con mi madre en la entrada. Parece que la casa tenga vida propia y cada vez nos vaya expulsando más adentro, hasta hacernos prisioneras una de la otra. Nos miramos un instante y veo cómo me clava sus ojos encendidos.

—Me alegro de que hayas vuelto.

—Gracias, Helena.

—¿Quieres quedarte un rato más? Ahora iba a preparar un café y...

—No puedo. Tengo que irme, Helena. —Y echo a correr como un caballo salvaje.

Helena

Ver a Greta después de tantos años, después de toda aquella conmoción, me hace sentir un no sé qué en el estómago. Verla significa tener que pensar, y yo no quiero pensar. Y mucho menos recordar. Así que la saludo con una sonrisa tímida y lo único que me sale decirle es:

—De acuerdo, vete si tienes prisa.

Nos quedamos ambas en silencio sin saber qué decir ni cómo actuar. Veo que esconde las manos en los bolsillos, como cuando era pequeña y empezaban a sudarle de los nervios. La observo con detenimiento y me parece verla mucho más delgada que de costumbre. Tiene el rostro chupado, los labios carnosos, esos tirabuzones de un negro tajante que tanto la caracterizan. Cortos, muy cortos. Sigue siendo muy guapa. Aunque constato que se hace mayor. Ya no es aquella niña que me miraba de reojo desde el umbral de la puerta cuando tenía a Julieta en brazos o le cantaba canciones de cuna hasta altas horas de la madrugada. Odiaba aquella mirada maliciosa que todavía llevo pegada a los pliegues de la piel. Greta mirándome con ojos feroces, llenos de maldad, mientras yo dormía a Julieta en mi regazo, o la acariciaba, o le daba el pecho porque no había forma de que comiera y se hiciera algo más fuerte, pobrecita.

—¿Cómo estás? ¿Dónde te alojas? —le pregunto.

—Estoy en la pensión Cal Roure, en Sant Ferran.

—Ah, muy bien. ¿Y tu habitación está bien?

—Sí, más o menos, gracias.

Se crea otro largo silencio que se estira como un hilo de tender. Intento dar un paso adelante y acercarme a la niña, porque todavía es mi niña, pero las piernas se me vuelven de acero y no me dejan moverme. Me convierto en una estatua de sal y, por mucho que quiera, no me salen las palabras. El ardor en el estómago, el corazón encogido y el frío que me envuelve hacen que me sienta la mujer más vulnerable y desprotegida del mundo. Hielo.

—¿Cómo has visto a tu abuela hoy?

—Hoy está más flojita.

—Es que últimamente ha dado un bajón. Desde que se nos cayó...

—Puede que se recupere.

—¿A su edad? Lo dudo mucho, Greta.

Me doy cuenta de que el comentario la ofende y remueve las manos dentro de los bolsillos.

—A ver cómo se encuentra mañana —concluye Greta por decir algo.

Nos quedamos las dos con la mirada perdida y sin saber qué decirnos ni cómo continuar la conversación. Entonces hago un esfuerzo sobrehumano para dar un paso adelante y decirle algo.

—¡Greta!

Se vuelve y se me queda mirando.

—Me gustaría hablar contigo algún día..., si quisieras.

—¿De qué?

—¿Cómo?

—¿De qué quieres hablar?

No sé qué contestarle.

—Tú y yo no tenemos nada de que hablar, Helena.

Se gira y da por finalizada la conversación. La veo alejarse y hacerse minúscula como uno de aquellos insectos que de pequeña le gustaba exterminar hasta formar una bola de carne marrón. Vista así, de lejos, parece una figura extraña. La Greta que se disuelve. La Greta que se salva. La Greta que me rechaza y me dice:

hasta aquí, basta, Helena. Una «Helena» que hace tiempo que dejó atrás el «mamá» para convertirse en una palabra estremecedora y errática. Pese a todo, tengo tantas ganas de abrazarla...

Matilde

Aquellos meses Julieta se encontraba mal de nuevo. Tenía mocos, tos, a ratos se ahogaba. Helena se la llevaba a la cama y la tapaba con tres o cuatro mantas para que, sobre todo, «la pobrecita» no pasara frío.

—¿Por qué Julieta siempre se encuentra mal, abuela?

—Tiene la salud un poco delicada.

—¿Y por qué siempre duerme con mamá?

—Porque así no sufre.

—¿Quién? ¿Julieta?

—No. Tu madre.

—¿Me cuentas una de tus leyendas, abuela? —me imploraba Greta con un hilo de voz, casi en tono de súplica.

Entonces yo le acariciaba su pelo oscuro, hecho de hilos y de perlas, que contenía todos los secretos del mundo que ninguna de las mujeres de esta familia llegaríamos nunca a comprender.

—Dicen que a la isla de Formentera llegó un rey vikingo de Noruega.

—¿Cómo se llamaba?

—Sigurd. El caso es que este rey se hizo a la mar con una partida de vikingos y, por equivocación, llegó a Formentera.

—¿Por equivocación?

—Sí, muchos años atrás nadie quería poner los pies en esta isla. Él venía de Lisboa o de Gibraltar y resulta que fue a parar aquí y se topó con una banda de piratas.

—¿Malos?

—Malísimos. Se ve que los piratas escondían un gran tesoro en una cueva situada en lo alto de un acantilado de la Mola. Piedras preciosas, diamantes, rubíes, oro y todo lo que te puedas imaginar y más.

—Oh...

—El caso es que el rey Sigurd se enteró de que los piratas escondían un tesoro y se lo quiso robar, como hacen todos los ricos, y los reyes, y las princesas.

—¿Y consiguió robarlo?

—Espérate, coño, no vayas tan deprisa. Vayamos poco a poco. Como la cueva era inaccesible desde el mar, el rey y sus hombres idearon una estrategia para hacer salir a los piratas y robar el gran tesoro. Con la ayuda de unas cuerdas, los vikingos hicieron subir la barca hasta la altura de la cueva y le prendieron fuego.

—¿A la cueva? ¿Con los piratas dentro?

—Los piratas se despertaron de golpe y al ver aquel fuego salieron corriendo y tosiendo a causa del humo. Por eso la llamaron la Cova des Fum, y todavía se le llama así.

—¿Me la enseñarás?

—Claro que sí. Algún día.

—¿Y cómo acabó la historia, abuela?

—Al final, todos los piratas salieron corriendo y se rindieron ante el rey Sigurd, que no tuvo ninguna compasión con ellos y terminó matándolos de la forma más despiadada. Del tesoro nunca se ha sabido nada. Algunas historias dicen que los vikingos lo escondieron entre Ibiza y Formentera, pero lo cierto es que nunca nadie lo ha encontrado.

—¡Yo querré encontrarlo!

—¿Sabes qué creo, Greta? Que debe de estar escondido en una cueva marina, entre pulpos gigantes y sirenas maléficas.

—¿Las sirenas existen, abuela?

—¡Por supuesto que existen! Y yo he visto unas cuantas. Tienen la cabeza y el torso de mujer y la piel reluciente y llena de escamas. Algunas mañanas, cuando sale el sol, he visto alguna cola de sirena flotando entre las olas.

—¿En serio? Yo quiero ver sirenas y encontrar

ese tesoro. ¡Le diré a Julieta que algún día vayamos a buscarlo!

Vi que por fin se había quedado dormida, engullida por sus propios suspiros. Su mirada concisa, el temblor en sus manos, aquella inventiva que se elevaba hacia un territorio inhóspito cubierto de escarcha y de blanco. Era una criatura preciosa.

Helena

Maldita leyenda del rey Sigurd. Aquí en Formentera todo el mundo habla de ella. Incluso se organizan expediciones cada año para buscar el maldito tesoro, que según dicen debe de estar en el fondo del mar y disparates por el estilo.

Vikingos, piratas, sirenas..., mamá siempre ha sido una mujer fantasiosa. Despistada, imaginativa, con una ventana abierta al Mediterráneo, como la describió un día mi marido. Cuando era más joven nadaba como un pez, se sumergía entre las olas y no la volvías a ver hasta bien entrada la noche, cuando llegaba a casa exhausta. Yo me las apañaba sola y jugaba con los niños que me encontraba en la playa para llenar las horas en que mamá estaba fuera. Más tarde acompañaba a papá en la barca, o al pueblo a comprar un buen pescado para cenar, y entonces ella llegaba con el pelo mojado, el cuerpo cubierto de sal y una sonrisa luminosa que no formaba parte de esta tierra. Yo me preguntaba si había nadado entre sirenas, pero me daba miedo que mamá me dijera que le atraía más aquel mundo que el nuestro y ya no quisiera volver a casa. Y entonces aprendí a callar. Y a quedármelo todo dentro, en la caja de Helena. Allí donde guardo los recuerdos, las emociones de la infancia, las caricias de mi padre, las leyendas de mamá y ese ahogo en el pecho que me crecía dentro hasta hacerse insoportable. «Tu madre es una bruja», decían las malas lenguas de la isla. «Tu madre prepara pociones. Y dice que habla con los muertos. Y con las sirenas.» Y yo odiaba a las sirenas y a las serpientes marinas, y a los dragones, y a los *barruguets*, y las leyendas que mamá repetía una y otra vez con una sonrisa deliciosa en los labios y la mirada perdida en el infinito.

¿A quién le importaban todas aquellas criaturas fantásticas?

Greta

Desde que estoy en Formentera vuelvo a tener pesadillas como cuando era pequeña. No soy capaz de recordarlas con precisión, pero tengo la sensación de que me vienen de golpe, como una ola, y me alteran el sueño, que nunca ha sido plácido. La respiración, los corales marinos, la boca de la ballena que se abre y se cierra, el bañador verde con un ribete azul de Julieta, el grito tenebroso de mi madre.

Respiro hondo para poder dormirme cuando oigo que vibra el móvil que hay sobre la mesita de noche. Es Paul, pero ahora mismo no me veo con ánimos de contestar.

«Greta, tendríamos que hablar. No puedes marcharte así, de un día para otro.»

Distancia. Me acostumbra a pasar con los hombres con los que he mantenido alguna relación mínimamente afectuosa. «Hola, ¿cómo estás? ¿Nos vamos a vivir juntos? ¿Viajamos?» Pero cuando llega el momento, ese momento crítico en el que me toca tomar alguna decisión importante, se me forma una especie de nudo en el estómago que no me deja vivir ni respirar tranquila. Entonces vuelven las pesadillas, y las ganas de huir corriendo a cualquier rincón del planeta, y las salidas nocturnas con algún amigo o amiga que he conocido recientemente a través de las redes sociales. Y vuelven las excusas. «Lo siento, tengo que irme. Ahora no puedo. No quiero hablar. Quizá otro día.» Y sin embargo, Paul es la única persona que me ha soportado durante casi cuatro años llenos de altibajos. Ha tolerado mi desorden, mis constantes cambios de humor, las huidas inesperadas durante dos o tres días seguidos sin dar ninguna explicación. «No te preguntaré por qué te has ido, Greta.» «Gracias por comprenderme, Paul. Gracias por no hacerme preguntas.»

«Algún día me gustaría tener un hijo contigo», me dijo un día, muy poco antes de que me marchara a Formentera. Y más que una pregunta fue una afirmación que concluyó con puntos suspensivos, esperando que yo le dijera algo. Se me hizo una bola de hiel en el estómago y tan solo se me ocurrió contestar:

—No sé, Paul. Ya hablaremos de eso. —Y, como siempre, quise sortear el tema.

Pero, a pesar de que me haya ido, sé que él y yo tenemos una conversación pendiente y un futuro por resolver.

—Hablamos en otro momento, Paul. Ahora estoy muy cansada —le contesto.

Pongo el móvil en silencio e intento volver a dormir. De repente, una lagartija asoma la cabeza por la ventana. Se me queda mirando con unos ojos que son una mezcla de agua y fuego y me muestra su piel tornasolada. Se desliza hacia abajo por la pared y veo que detrás de ella vienen unas diez más, que intuyo que deben de ser de la misma familia. Me pregunto por qué decenas de lagartijas atraviesan cada noche la ventana y vienen a encontrarme a los pies de la cama, como si quisieran transmitirme algún tipo de mensaje. El sudor me chorrea por las mejillas y se precipita cuello abajo hasta meterse por debajo de la camiseta. Pienso en Paul y lo echo de menos. Nuestro piso de Londres, nuestras caricias, nuestras interminables conversaciones hasta altas horas de la madrugada.

Miro a la ventana. Hacia el mar. Hacia el vacío.

¿Por qué estás aquí, Greta?

Era una tarde de verano y la abuela nos había llevado a Julieta, a Max y a mí a una fiesta campesina en Es Caló de Sant Agustí, junto al mar. Había carreras de sacos en la playa y una pequeña muestra de artesanía en la que se vendían pulseras, collares y todo tipo de amuletos de la suerte para los turistas despistados que habían venido a pasar el día en la isla. Un poco más allá, unos músicos tocaban canciones folclóricas mientras mujeres vestidas de payesas —con las faldas largas hasta los pies y las alpargatas de esparto— y hombres con pantalón de lino y fajas rojas hacían repicar los bastones al son de la gaita formenterana.

La abuela salió a bailar con Helga, su amiga alemana, moviendo las caderas a un lado y a otro, mientras nosotros nos pusimos a jugar al escondite para pasar el rato.

—¡Venga, yo cuento y vosotros os escondéis! —les grité a Julieta y Max, que me miraban sonrientes desde una cierta distancia.

Cerré los ojos y empecé a contar mientras ellos se escondían entre los tenderetes de artesanía o detrás de las barcas que reposaban desordenadamente sobre la arena. Era un juego divertido, como tantos otros a los que jugábamos las tardes de verano hasta que oscurecía y los mayores nos decían que ya era hora de volver a casa.

—Tres, cuatro, cinco... —contaba yo con un ojo medio abierto.

De repente, un grito de dolor nos sobrecogió. La música dejó de sonar y todo el mundo corrió hacia la playa para ver qué ocurría. Allí en medio, entre el agua y la arena, se hallaba el cuerpo de un hombre que había muerto ahogado vete a saber hacía cuánto. Julieta, Max y yo nos abrimos paso entre la gente, y Julieta se quedó contemplando aquel cuerpo azulado, de rostro cadavérico, que ya hacía tiempo que había pasado a otra vida. Tenía la boca abierta y en su interior había un pez vivo que sacudía la cola sin parar. Yo me quedé aterrorizada, y la abuela nos tiró del brazo para que nos fuéramos y volviéramos corriendo a casa.

—Vámonos de aquí, niñas. Venga, no os quedéis a mirar esto.

Pero Julieta dio un paso adelante y observó aquel cuerpo inerte con un punto de fascinación en el rostro, hasta que murmuró unas palabras.

—El mar se me llevará pronto, como a este hombre.

Del agua me llegó una respiración que me dejó aturdida. El mar lanzó un gemido y la tierra se volvió roja.

Helena

Cuando Greta era pequeña, a menudo me quedaba mucho rato observándola. Greta y sus insectos. Greta y sus juegos estrambóticos. Greta y esa mirada que atravesaba las puertas y nos desafiaba a todos con sus movimientos hipnóticos. A menudo salía al jardín de casa de mamá y se quedaba horas contemplando el majestuoso pino. Yo creo que le hablaba. Acariciaba las ramas y reunía insectos, y después pronunciaba palabras extrañas que nadie terminaba de comprender. A menudo quería acercarme a ella o sentarla en mi regazo, pero la niña daba un salto y se iba corriendo al regazo de su abuela. «Déjamela a mí», me decía siempre mamá. «Tú ocúpate de Julieta, que la pequeña te necesita.» Si alguna vez me atrevía a abrazarla o a hablarle más de cerca, ella se daba la vuelta y echaba a correr hacia otro lado. La distancia entre ella y yo. Esa distancia que se hacía cada día más imponderable.

Ahora, encerrada en el apartamento que he alquilado estos días para cuidar a mamá, reviso los álbumes familiares y veo a Greta sonriendo con Julieta en su regazo. Atenta, inerme, críptica, acariciándole el pelo azulado. Un rostro triste y ávido de cariño. Y sin embargo la quería, de eso estoy segura. Ella sufrió tanto como yo la pérdida de Julieta.

¿Por qué lo hice?, me he preguntado decenas de veces.

¿En qué momento renuncié a hacerle de madre?

Greta

De repente la cocina de la abuela se llena de olores y sabores: perejil, cebolla, ajo, tomates, pimiento, cilantro, aceite aromatizado.

—Buenos días, ¿qué haces aquí cocinando?

Me acerco dos pasos y la veo con el delantal puesto cortando una cebolla que hace que le escuezan los ojos pero que se empeña en trocear.

—Ay, niña, si tengo que alimentarme de las cremitas de verduras de tu madre, estamos aviados.

Llega hasta el frigorífico con la ayuda de la muleta y saca unos cortes de cerdo y pollo que empieza a salpimentar.

—Haré un buen sofrito payés. ¿Te quedas a cenar? Cerdo, pollo, cordero y un buen sofrito con pimientos, patatas y tomates. ¡Por fin en esta familia comeremos un poco como Dios manda!

Recuerdo cuando de pequeña veníamos con

Julieta a cenar a casa de la abuela. Nos ofrecía un repertorio de sus platos preferidos, que cocinaba con insistencia y con todo el tiempo y el amor del mundo. Calamares a la bruta, ensalada payesa, sopa de pescado cocido, *fumet* de raya. Toda una serie de sabores típicamente formenteranos que amenizaban nuestras veladas y nos hacían sentir las reinas del mundo.

—Venga, quítate esa cara de pasmarote y ven a ayudarme —me pide la abuela señalándome un delantal que está sobre la encimera—. Y no se te ocurra decir que no puedo cocinar porque te mando a la mierda ahora mismo.

Me pongo el delantal dispuesta a ayudarla un rato.

—Cuéntame cosas de Londres. Y de ese novio tuyo. Hans.

—Se llama Paul, abuela, Paul. ¿Qué quieres que te cuente?

—Tú sabrás, cielo. ¿No tienes nada interesante que contar?

Sonríe y veo sus dientes amarillentos.

—Conocí a Paul hace unos cuatro años. Trabajamos más o menos en el mismo mundo. Yo hago producción y otros trabajillos para el cine, cuando me llaman para algún rodaje. Paul, en cambio, es director de foto.

Abre los ojos como platos y una gota de saliva

se le instala en la comisura de los labios. Empieza a freír la cebolla con una cuchara de madera y la va removiendo poco a poco.

—¿Director de qué?

—De foto. De fotografía. El que se encarga de la luz y la tonalidad de los planos en un rodaje.

—Ay, hija, qué cosas más extrañas hace la gente hoy en día. ¿Y no te lo podías buscar profesor, o médico, o pescador?

—¿Pescador?

—Hace unos años, aquí, casi la mitad de los hombres eran pescadores que vivían del mar.

—No sé de qué te quejas. Tú tampoco te casaste con un pescador.

—Ah, tu abuelo..., si yo te contara... El muy memo nunca supo hacerme feliz. Él siempre a la suya, entre toda esa mierda de papeles e informes aburridísimos. Suerte que me busqué a Helga.

—¿Helga?

—Helga, sí, con ella sí que me divertía. Mi querida Helga...

Helga era la vecina pintora de la abuela y la persona que más venía por casa. Las veía conversar a menudo, las dos con las manos en el regazo, sobre el delantal, y venga a reír y a charlar sin parar. Cuando de pequeñas veraneábamos en Formentera, mamá siempre nos dejaba con la abuela, y siempre, o casi siempre, Helga estaba en casa. Era una alemana alta y de constitución robusta, con carácter, a la que le gustaba pasearse desnuda por la casa y que se dedicaba a pintar, según la abuela, «unas pinturas deliciosas de cielos de todos los colores». «Cada día un cielo. Un cielo para cada estado de ánimo», decía. A menudo cruzábamos la calle e íbamos a visitarla a su casa para que nos enseñara de primera mano sus pinturas. Había cielos con ribetes fucsias, cielos nublados, cielos de plomo, cielos encapotados que amenazaban tormenta, cielos de color pizarra. «Quiero describir el paso del tiempo a través de los cielos de Formentera», nos decía siempre con un pincel en la mano y un vaso de absenta en la otra. Una vez oí decir a mis padres que Helga se había divorciado de su tercer marido y había venido a Formentera con una gran fortuna. «Por eso puede dedicarse a pintar y no tiene que hacer nada para ganarse la vida», aseguraba siempre mi madre. Mi padre, más prudente, decía que aquella mujer simplemente tenía otras costumbres y que no era una mala persona. Al fin y al cabo, hacía compañía a la abuela, que buena falta le hacía desde que el abuelo había muerto años atrás. Las recuerdo cuando iban juntas al mercado a comprar «un buen tocino», como decían ellas, intercambiándose las recetas para hacer las comidas e incluso yendo a comprar discos de vinilo para poder escuchar a su amado Frank Sinatra. Cuando alguna vez oigo una canción de Sinatra me imagino a Helga y a la abuela bailando en el salón hasta la madrugada con las mejillas rosadas muy cerca la una de la otra.

—¿Qué le pasó a Helga?

—Pues que un día ya tuvo bastante y regresó a su tierra.

—¿A Alemania?

—Sí, ya ves, se le pasó la pasión por Formentera.

La abuela ladea la cabeza y se pierde en pensamientos confusos. Mar adentro. El mar y los pensamientos de la abuela.

—Aquí todo el mundo se va, bonita. Todo el mundo me deja sola.

—Lo siento, abuela.

—¿Quieres que te confiese un secreto? Helga todavía vive por aquí. Cada noche se sienta junto a mi cama y me cuenta historias de su pueblo natal, en Alemania.

Las ocurrencias de la abuela siempre han puesto los pelos de punta a casi todo el mundo en la familia. Su imaginación libre, volátil. A mí más bien me hace reír.

—¿Quieres que te cuente otro secreto?

—¡Claro!

—A Julieta también la veo. Por las noches. Atraviesa la puerta y viene hasta los pies de mi cama. Y conversamos las tres. Helga, Julieta y yo.

Tu hermana, Julieta, vive en el fondo del mar. Tu hermana es una sirena.

Entré en la habitación y empecé a hacer la mochila: un saco de dormir, un par de camisetas, calcetines, braguitas y un cuchillo por si tenía que defenderme de los peligros del mundo exterior. Aproveché que mi padre estaba en la ducha —«¡Quédate mirando los dibujos animados, Greta!»— y me escapé de casa con pasos sigilosos para que nadie me oyese.

Al salir a la calle el cielo empezaba a oscurecer. Recordaba las nubes de los cuadros de Helga y suplicaba que aparecieran nubes claras sobre mi cabeza que formaran una especie de tejado mágico. Nubes que no comportaran tormenta, ni rayos ni cielos encapotados como los que aparecían en sus cuadros y que tantísimo miedo me daban.

Mientras caminaba por la carretera, pensaba en todo lo que por fin había dejado atrás. Una Julieta con una mancha de coral en el muslo, un padre que siempre estaba trabajando, una madre angustiada que cuidaba a todas horas de Julieta. Una hermana preciosa, bella, una criatura del mar... ¿Cuál podía ser mi sitio en aquella familia?

Al cabo de un rato llamé a casa de la abuela.

Las manos temblorosas. Tres golpes en la puerta hasta que me abrió y se me quedó mirando con ojos muy abiertos y la inquietud en la garganta.

—Quiero quedarme a vivir aquí contigo, abuela. Para siempre. No quiero volver nunca más a casa.

Matilde

Estreché a Greta entre mis brazos y le dije: «Nunca más vuelvas a escaparte de casa, ¿me oyes? Nunca más».

Le preparé un baño caliente y le puse el pijama de los elefantes azules que le había comprado para su cumpleaños. Le dije que había hablado con sus padres, «que están muy preocupados, pequeña», y le hice prometer que no volvería a escaparse de casa. «Dicen que últimamente haces muchas travesuras, bonita. Y que no saben cómo llegar a ti, ni qué te pasa ni por qué te comportas de esa manera tan extraña con tu hermana Julieta.»

Más tarde, ya más calmada, entre sorbo y sorbo de sopa me preguntó si podíamos jugar al juego de la posidonia. Desde que habían llegado a Formentera ese verano, yo era quien más tiempo pasaba con mi nieta Greta. De vez en cuando me la llevaba al mar, o a ver al farero de la Mola, o al cine cuando ponían alguna de sus películas favoritas. A Greta le gustaban las de piratas y de vikingos, y también las historias de ciencia ficción con argumentos enrevesados e imposibles. Le encantaba imaginarse seres nuevos que vivían en algún planeta extraño, como el suyo, quién sabe si sin padres ni madres.

Entonces, para animarla, le dije: «Venga, tonta, que entre las dos fabricaremos una posidonia». Y cogimos sábanas y cortinas, y toallas de baño, e incluso un pañuelo fucsia de Helga que debía de provenir de algún país exótico. Y entre una y otra clavamos un palo de escoba en el suelo y montamos una especie de tienda de campaña con prendas de todos los colores. «Podríamos añadir una vela», le sugerí. «¿Una vela, abuela? ¿Cómo un barco? ¿Medio posidonia y medio barco?» Y yo le dije que sí, que la posidonia podía tener raíces de árbol y velas de barco, e incluso un tejado mágico para que no nos cayera el agua encima y así no acabar empapadas.

Greta y yo nos recluimos en la posidonia, aisladas de la televisión, de Julieta, de las llamadas de sus padres diciendo que la vendrían a buscar al día siguiente a primera hora, y nos quedamos allí debajo aisladas y resguardadas del mundo.

Greta apoyó la cabeza en mi regazo y acarició el pañuelo de Helga, ahora convertido en vela.

—¿Me cuentas otra leyenda, abuela?

—Claro que sí, niña. La que tú quieras.

Greta

Llego al pueblo de Sant Francesc y dejo la moto aparcada en una calle que da a la plaza principal. Desde allí puedo oír el alboroto de la gente y la música, que me llega a intervalos y ráfagas. Es música de fiesta mayor y se oyen risas, gente que canta a pleno pulmón, fragmentos de conversaciones que se evaporan entre el viento y la brisa del mar. Hay varios farolillos caídos, pisoteados, y en una mesa hay un pequeño incendio en un cenicero, que desprende olor a papel y tabaco mojado. Sigo el rastro de la música y por un momento busco a Julieta entre las cabezas y los cuerpos acalorados de la multitud. Suena reguetón y la gente no para de bailar y moverse al ritmo de la melodía. Han montado una buena fiesta. Recuerdo cuando de pequeñas Julieta y yo íbamos a la fiesta mayor con nuestros padres y siempre nos acabábamos encontrando a la abuela charlando con Helga en una mesa. Julieta y yo siempre observábamos a Helga y nos imaginábamos cuál sería su singular historia. Fabulábamos que era una viuda negra, que quizá había matado a su marido, se había quedado con todo su dinero y había venido a esconderse en Formentera.

—¿Será una asesina? —le decía yo a Julieta.

—O quizá sea una mujer que guarda un secreto —me contestaba ella.

—¿Cómo es que siempre está con la abuela? No se separa de ella ni un triste momento.

—Quizá se hacen compañía —me decía Julieta.

—O quizá lo que quiere es robarle todo el dinero y largarse de nuevo a su pueblo.

Saludábamos a la abuela, que se estaba tomando una copa con una sonrisa y nos daba dinero para comprarnos una limonada. Entonces las dos, vestidas de fiesta, avanzábamos entre la multitud alejándonos de la mirada de nuestros padres. Y yo veía cómo Julieta, la niña medio pez medio sirena, atraía a su paso las miradas de la gente, que se deleitaba al contemplar tanta belleza. El cuerpo casi translúcido, las pecas alrededor de los labios, la melena azul y ondulada que suscitaba la admiración de todos. Era bonita y preciosa. Y yo observaba aquel leve movimiento de sus pestañas, su andar sigiloso, sus labios carnosos en forma de manzana y su deliciosa sonrisa, que hacían que el mundo se detuviera y empezara a girar en sentido contrario.

—Todos te miran, Julieta.

—Pero a mí me da igual. La única persona que quiero que me mire eres tú —me decía ella—. Tú eres la única que me importa.

Avanzábamos hasta el centro de la pista y empezábamos a bailar al ritmo de Queen o David Bowie, o de alguna canción que estuviera de moda. Y a veces, con la complicidad de la abuela, probábamos su bebida con alcohol, que nos nublaba la cabeza y nos hacía sentir un poco más libres.

—¡Greta, estoy aquí! —me dice Max, que aparece en la plaza. Su cabeza confundida entre la multitud.

Me acerco y le doy dos besos.

—Gracias por llamarme. ¡Qué bien poder verte otra vez!

Max me tiende su cerveza y yo le doy un trago largo, larguísimo, que me transporta hacia un territorio inhóspito de la infancia.

No sé cuánto tiempo ha pasado cuando percibo que a mi alrededor el escenario ha cambiado ligeramente de forma. En la terraza del bar todavía queda gente que charla pausadamente o que se abraza para echar a caminar por la plaza haciendo eses. Las luces de los farolillos son un latido de color rojo y a nuestro alrededor se ha levantado una brisa fresca y húmeda. Las últimas notas de una canción de reguetón se confunden con el canto de los grillos y el rumor del mar, que llega desde una tierra lejana. Siento que el alcohol se ha apoderado de mí y que los pensamientos se vuelven cada vez más difusos.

—Ven, Greta, vamos a ver el mar.

Max y yo nos llegamos hasta Ses Canyes, una cala bonita y recóndita, apartada de las hordas de turistas, que se desplazan en masa como si fueran insectos. Un rayo de luna impacta sobre el azul del mar y el paisaje adquiere un tono casi de acuarela.

En el cielo hay una luz gris, como de plomo, sin ninguna nube.

Nos sentamos en la arena y fijamos la mirada en el infinito. Las primeras impresiones de este mar de noche adquieren una fuerza rabiosa, insolente: un alga flotante sobre las olas, una medusa gigante, una pardela picoteando un gusano de roca, Julieta y yo cantando canciones de moda, de la mano, su cabellera azulada agitándose en el aire.

Intento regresar al presente y veo a Max a mi lado, sonriendo y rascándose discretamente la barbilla. Me pregunto qué hago aquí y por qué no me voy al hostal a llamar a Paul, a quien le debo una larga conversación.

—Han pasado tantos años... —me dice Max—. Recuerdo que ibas a todas partes con tu hermana Julieta.

—Veníamos aquí, ¿verdad?

—Esta era una de nuestras playas favoritas. Jugábamos al escondite entre las rocas.

Se hace un silencio largo que ninguno de los dos sabemos cómo interpretar o entender.

—Siento mucho lo que sucedió —insiste.

—Ya... Gracias.

—Todos nos quedamos muy tristes. Aquello fue...

—Max, no quiero hablar de ello. —Y un largo silencio se instala entre nosotros.

Se hace un porro de marihuana y me lo pasa para que pueda saborearlo un poco. Aspiro el humo y dejo que me penetre en los pulmones hasta embriagarme y poder olvidar su comentario sobre Julieta. Siento que se me nubla la cabeza y cierro los ojos para escuchar el rumor del mar y dejar que los pensamientos viajen a un territorio inhóspito.

Ahora me recuerda el día que fuimos a bañarnos al mar y a mí me picó una medusa.

—Joder, cómo dolía —le digo.

—¿Pero de verdad que no la viste?

—El mar está lleno de animales feroces.

—Nooo..., el mar es una preciosidad.

—Pues yo prefiero el asfalto. Las ciudades, cuanto más sucias y llenas de contaminación, mejor —le digo—. Hace tiempo que dejé el mar atrás.

Max se muere de la risa.

—Tú de pequeña ya eras muy rara, Greta. Siempre te gustaba ir a descubrir sitios secretos, cuevas encantadas. Y creo que a tus padres los sacabas de quicio. Más de una vez te habían tenido que escarmentar porque, según decían, tenías una imaginación enfermiza.

—Siempre irrité a mi madre —le respondo mientras observo una gaviota que ahora planea sobre el mar—. Pero todo eso ya ha quedado atrás.

—Atrás...

—Con mi madre prácticamente no me hablo —concluyo—. Siempre ha sido una extraña para mí.

Le cojo el porro de los dedos y doy una calada larga. El pelo me huele a humo y tengo los bajos del vestido sucios de tierra. Por un instante, me pregunto qué hago aquí, lejos de Londres, de mi pisito de cuarenta metros cuadrados que comparto con Paul, la persona que por primera vez ha ocupado un lugar importante en mi vida. Londres es recogimiento, amor en letras mayúsculas, Paul plantando flores en el balconcito, nuestras largas conversaciones, la cama que hemos roto tantas veces, el olor a café de las mañanas, el beso de buenos días al despertar, las noches de vigilia a su lado, siempre a su lado, «porque me quedaré muy cerca de ti hasta que te duermas, Greta». Un sentimiento de traición, un chispazo, me hace pensar que ya va siendo hora de volver a la pensión destartalada, pero una parte de mí reconoce que quiere estar aquí, con Max, con este amigo de la infancia que ha aparecido de repente a mi lado.

—¿Qué? ¿Nos damos un baño?

—¿Ahora?

—Claro, es la mejor hora del día.

—Pero las medusas...

—Olvídate de las medusas, Greta —me dice riendo—. Bañémonos, venga, divirtámonos un poco. Tenemos todo este mar para nosotros...

Max se quita la ropa con toda la naturalidad del mundo y yo observo su cuerpo moreno con un punto de timidez. Es alto y corpulento, los bíceps fuertes y la mandíbula compacta. Corre hacia el agua y se sumerge un instante, luego salta y juega con las olas. Entonces me levanto y le sigo, sin pensármelo demasiado. Me quito la ropa y corro hacia el agua.

Bajo el agua noto un roce, una caricia sutil,

como una brisa. Max me acaricia un dedo bajo el agua y me mira con unos ojos que dibujan una sola palabra. [...]

Siempre pensé que Max, en secreto, estaba enamorado de Julieta.

Matilde

Hoy, como tantas noches, abro los ojos y me incorporo en la cama, esperándola.

Entonces Julieta atraviesa toda la estancia y viene hacia los pies de mi cama, con el pelo azulado flotando en el aire.

Esquiva muebles, mesas y objetos que encuentra a su paso y llega hasta mí con una dócil sonrisa en los labios. Tan solo transita, o levita, y deja tras de sí un perfume de mar y aire que me embriaga y llena de aroma todo el cuarto.

—Tu hermana por fin ha vuelto a esta isla —le digo.

—Me gustaría verla.

—Parece tan tozuda como siempre. Pero te espera. No te ha olvidado ni se ha podido despedir de ti. Sabes que se siente culpable.

Al cabo de unas horas —¿minutos, segundos?— me da un beso en la frente y se eleva flotando entre el viento, dejando un rastro de silencio.

Pero antes de irse emite un gemido, en parte de tristeza, en parte de nostalgia, en parte de música de otro mundo, y desaparece como hace cada noche, silenciosa, entre las tinieblas.

Greta

Era de noche, o casi al amanecer, no lo recuerdo, cuando desperté a Julieta.

—Julieta, ¿lo has oído?

—¿El qué?

—Este ruido. Me parece que alguien ha entrado en casa.

Estábamos en Formentera y nuestros padres dormían plácidamente en su cama, ajenos a nuestras preocupaciones. Julieta se incorporó en la cama, los ojos como platos, y se tapó rápidamente con una manta.

—¿Qué ruido?

—Shhh, ¿no lo oyes? Alguien está en la casa. Estoy segura. Alguien ha entrado a robar o a hacernos daño. Creo que son varios.

Julieta empezó a temblar y vino a acurrucarse junto a mis piernas. Yo la abrazaba muy fuerte y le acariciaba su pelo reptiliano y azulado. Contra la oscuridad de sus párpados, Julieta luchaba por vencer el miedo.

—Seguro que son los espíritus de los piratas.

—¿Los de la historia de la Cova des Fum?

—Sí. Han entrado en casa. La abuela me ha contado que los espíritus de los piratas están furiosos porque los asesinaron y ahora buscan justicia.

—No me asustes más, Greta. ¿Y esos espíritus cómo son?

—Salvajes. Y están muy enfadados. Pero lo peor es que son peligrosos. Peligrosísimos.

—Pero nosotros no les hemos hecho nada...

—Shhh... ¿No los oyes? ¿No oyes sus pasos? Seguro que vienen a buscarnos.

Julieta me miraba aterrorizada desde el pozo seco del fondo de sus pupilas, suplicándome con la mirada que la salvara o que avisáramos enseguida a nuestros padres.

—A ellos no los despertaremos. Es más, quizá los espíritus de los piratas quieren raptar a mamá.

—No..., no quiero que se la lleven.

—Calla. Sobre todo no llores ni digas nada a nadie. Piensa que si los espíritus nos oyen nos raptarán y nos llevarán con ellos, quién sabe si para comernos.

—¿Comernos?

—Los espíritus devoran a los mortales. Y sobre todo les gustan la niñas bonitas. Así que no hagas ningún ruido, Julieta, que si nos oyen vendrán aquí a secuestrarnos.

—No quiero que me hagan daño, Greta.

Me levanté despacio y fui andando con pasos cortos hasta la puerta. Julieta estaba a punto de llorar, pero se aguantaba las lágrimas para que nadie nos oyera ni vinieran a por nosotras. Estaba aterrorizada.

—Venga, vamos a echar un vistazo a la casa. A ver si los encontramos.

—¡No! ¡Cierra la puerta!

Entonces abrí la puerta lentamente y lancé un grito terrorífico que resonó por toda la habitación. Julieta no me quitaba los ojos de encima. Los párpados blancos y temblorosos.

—¿Qué ha pasado?

—He visto sangre.

—¿Sangre?

—Y las tripas de papá. Seguro que los espíritus de los piratas se han zampado a papá y han dejado las tripas por el suelo porque ya no les interesan. Y ahora deben de haber ido a por mamá...

—No..., a mamá no.

—Tenemos que escapar por la ventana, Julieta. Es ahora o nunca. ¡Rápido!

Julieta empezó a gritar y enseguida despertó a nuestros padres. Cuando entraron en la habitación vieron que se había hecho pipí en el suelo y se tiraba del pelo azul en un ataque de ansiedad. Mostraba una sonrisa torcida, ausente de palabras. Toda ella temblaba.

—¡Los espíritus de los piratas han venido a raptarnos! —gritaba la niña.

—Ya basta, Greta, seguro que todo esto te lo has inventado tú. Ya está bien de juegos macabros y de esta imaginación enfermiza. ¡No la asustes más!

Entonces mis padres se llevaron a Julieta a su cama —la tos, aquella maldita tos de siempre— y yo me quedé sola en la habitación, oyendo de fondo aquellos sonidos y aullidos terribles. No sé si yo me creía del todo lo de los espíritus de los piratas, pero lo cierto es que me gustaba —y mucho— imaginármelo.

Solo éramos niñas pequeñas. Y asustadas. Los espíritus existían y tarde o temprano vendrían a buscarnos.

Helena

La veo llegar con mala cara, ojerosa, aparca la moto y se dirige hacia dentro, caminando con sigilo. Intento forzar una sonrisa y le pregunto si hoy se quedará a cenar.

—No —me contesta—. Cuidaré a la abuela un rato y después me iré al hostal, que tengo trabajo.

—De acuerdo.

Sé que no puedo pedirle nada más y que ni siquiera podrá perdonarme. Tampoco sé si yo podré llegar a perdonarla a ella, son ya muchas las que me ha hecho en la vida. Greta la complicada, la de las ideas de bombero, la que siempre lo enredaba todo, la que se inventaba unos juegos extrañísimos para distraer a Julieta de mala manera. Durante años me sentí sola y lo único que me consolaba era estar en brazos de mi marido. No tenía ganas de ver a Greta, ni de abrazarla, ni de decirle cosas bonitas, porque todo me remitía a aquella fatídica tarde, a la desaparición de Julieta, a aquel grito incesante junto al mar. «¿Quién ha sido? ¿Greta o Julieta?». Más tarde, cuando ya habían pasado varios años y yo le había perdido la pista, quise ir a verla a Copenhague, donde vivía entonces, para intentar rehacer la relación. Mamá me había dicho que trabajaba de camarera en un bar, así que me acerqué allí y estuve esperándola a la salida durante un buen rato. Quizá ese día no trabajaba, o quizá ya había cambiado de trabajo, no lo sé, pero el caso es que el destino no quiso que nos reencontráramos. Le dejé una nota: «Estoy por aquí, Greta. Soy tu madre. Veámonos». Y un número de teléfono. Recuerdo aquellos días paseando por la ciudad nevada, mirando a todas horas a las chicas de su edad —veintitrés, veinticuatro años—, que paseaban con largos abrigos y botas gruesas. En todas ellas buscaba incesantemente la mirada de mi hija bajo un flequillo desfilado o bajo unas gafas de montura negra. Pero en ninguna encontraba a Greta, en ninguna la reconocía, y me preguntaba si habría cambiado tanto o si quizá ya estaría muerta. Me senté en un banco de una plaza y recuerdo que en ese momento empezó a llover a cántaros. Todo el mundo corrió a refugiarse en los cafés, los pubs o los supermercados, y yo me quedé allí sentada durante un buen rato, mientras los pensamientos me transportaban lejos de aquella ciudad. El agua me chorreaba por los párpados, confundiéndose con el llanto que nunca llegué a soltar. En ese momento habría querido gritar con todas mis fuerzas: «Lo siento, Greta. Vuelve conmigo. ¡Perdóname!». Pero el río se llevó mis piernas y después mi torso, y la sombra que quedaba de mí desapareció en una alcantarilla oscura.

Entonces tomé un avión de regreso a Barcelona y durante un tiempo me esforcé en olvidarla, del mismo modo que había intentado olvidar a Julieta. Nunca respondió a mi nota. Ni a mis cartas. Todas las cartas que le envié durante años y que nunca llegó a contestarme porque seguramente —tenía todo el derecho— no quería verme.

—¿Cómo se encuentra hoy la abuela? —me pregunta en un tono de voz seco.

—No muy bien. Ahora le he dado la pastilla.

Nos quedamos de nuevo en silencio, ninguna de las dos sabe muy bien qué decir.

—He pensado en llevarla a una residencia —le anuncio finalmente.

—¿Cómo? Ni hablar.

—Tú no estarás aquí para cuidarla, ¿verdad? Ni yo tampoco. Mi vida está en Barcelona y la tuya está en Londres, Greta.

—Pero a una residencia no..., no la puedes llevar.

—Esto puede alargarse, hija. Cada día está peor. Y ella se niega a reconocerlo.

—Pero una residencia no... Si es necesario, me quedaré para cuidarla.

—Ya hablaremos más adelante. Aunque creo que es lo mejor para tu abuela. Y para nosotras dos.

Se queda un momento pensativa y, de pronto, como si en su interior se encendiera una llama, veo que su rostro empieza a transformarse. Aprieta los dientes muy fuerte y me habla en un tono de voz arisco:

—Tú siempre haces lo mismo, ¿verdad?

—¿Qué? —le pregunto.

—Cada vez que hay un problema huyes.

—No, Greta...

—Pobre abuela.

—Hay residencias que están muy bien.

—Ni hablar —me interrumpe—. Si no te ocupas tú de ella, lo haré yo. Pero a la abuela no pienso dejarla sola.

Me mira con ojos de fuego y gira la cabeza para irse a cuidar a mamá.

Le digo adiós abrumada y me alejo a paso ligero y con el corazón encogido tras nuestra conversación. Entonces, no sé por qué, me doy la vuelta. Un último aliento. Las palabras encalladas en la garganta, formando un muro, enquistadas.

—¡Greta!

—¿Qué?

—Nada... Cierra la puerta con llave cuando te vayas.

Matilde

Era una tarde de verano y yo había comprado témperas, pinceles, acuarelas y rotuladores de distintos colores.

—¿Podemos jugar a dibujar una ballena gigante en la pared de la habitación? —me propuso divertida Greta.

A mí aquella estrambótica idea de mi nieta me pareció bien. De hecho, las paredes estaban llenas de huellas de dedos y pensé que, si las pintábamos un poco, al menos daríamos un toque de color a la habitación.

Julieta cogió los rotuladores y, con el pulso tembloroso, empezó a dibujar una ballena gigante y jorobada de casi medio metro. Greta le añadió dientes, llenos de sangre, y unas garras heladas que parecían de águila o de sirena clásica.

—Esta ballena gigante no puede vivir sola —dije mientras coloreaba con pintura verde el ojo del pobre animal—. ¿No creéis que necesita compañía?

Entonces Julieta se puso a dibujar una serpiente marina, larga y retorcida, que sacaba humo por la boca y vivía escondida en las profundidades de una cueva. Yo me sumé a ellas y entre las tres empezamos a dibujar águilas de mar, escórporas, rapes, medusas gigantes y una serpiente marina que vivía en un palacio silencioso bajo el agua. En el mar crecían unos gigantescos árboles que se alzaban hasta los cielos de Helga, donde los pájaros hacían nidos sobre unas nubes fucsias. «Y también quiero añadir un par de planetas de una nueva galaxia», dijo Julieta. Las niñas se fueron animando y las paredes se llenaban de colores que estallaban como fuegos artificiales y chorreaban lágrimas y más lágrimas de tinta.

Hasta que al cabo de unas horas llegó Helena.

—¿Pero qué habéis hecho? Te están destrozando la casa, mamá.

Yo le dije a mi hija que no pasaba nada y que «Ven aquí, Helena, ven a pintar con nosotras, ya verás qué bien nos lo pasaremos».

Helena frunció el ceño, pero, al ver que sus dos hijas se divertían tanto, se puso a pintar la pared con nosotras. Y entre las cuatro, las cuatro mujeres de la familia, acabamos dibujando delfines de todos los colores, y barcas que se estrellaban contra la costa, y aún más sirenas que se colaban por las grietas de la habitación y custodiaban tesoros repletos de piedras preciosas.

Acabamos con las caras embadurnadas de pintura y nos echamos a reír a carcajadas.

Entonces Julieta se acercó a la ballena y, con los ojos tintados de niebla, recorrió su silueta con el índice. La contempló con atención, silenciosa, prácticamente abducida por su presencia.

—Este año se me tragará una ballena —dijo.

Nos quedamos todas heladas.

Entonces observé aquella ballena jorobada, símbolo de malos agüeros, y me la encontré de frente, nadando, con sus ojos de cobre clavados en los míos como una noche silenciosa y oscura. Me estremecí.

Greta

Llego a casa y me encuentro a la abuela en camisón, confusa, dando vueltas y más vueltas por el salón.

—¿Qué ha pasado, abuela?

Me mira con los ojos muy abiertos y se encoge de hombros.

—Creo que me he despistado y me he tomado las pastillas que no eran.

Echo un vistazo a los frascos de pastillas y compruebo que, efectivamente, se ha tomado una pastilla del frasco que no le tocaba.

—Tranquila, abuela. Por una pastilla no creo que pase nada...

—Cómo tenemos que vernos, ¿eh, cielo? Mira cómo estoy, hecha una piltrafa.

—No digas eso.

—Desde que me caí todo va de mal en peor.

Me fijo en la sombra que le ha crecido alrededor los ojos y que se extiende ligeramente como una mancha de petróleo.

—¡No consigo quitarme de encima este dolor de huesos, y tengo una pinta que parezco un cadáver con patas!

La acompaño hasta la habitación y la ayudo a vestirse «para estar un poco más presentable», como dice ella.

—Venga, abuela, levanta una pierna, que quitaremos el camisón y...

—Qué frío, hija. Y qué pinta de bruja debo de tener.

—¿No decías que las brujas del mar eran tan bonitas?

—Eso las que son buenas. Pero también las hay malas y feas.

—Primero un pie, abuela. Y después el otro.

La carne escuálida y flácida me muestra el cuerpo de una mujer que supera los noventa. Me doy cuenta de que ha adelgazado bastante. Los huesos le marcan una pelvis puntiaguda y unas costillas delgadas que parece que en cualquier momento vayan a desgajarse. Un moratón se extiende por la pierna como si fuera una hemorragia. Le pongo una falda larga, hasta los pies, y las alpargatas de esparto que a ella tanto le gustan.

Más tarde, una vez que la abuela está en el salón, voy a llevar la ropa sucia a la lavadora y entonces paso por la habitación, la antigua habitación que de pequeña compartía con Julieta. Me cuesta entrar, pero una fuerza intrínseca, remota, me pide que abra la puerta y me enfrente a todo lo que pueda haber dentro.

En la pared todavía se pueden ver las serpientes de mar amarillentas, la bruja del mar, la ballena jorobada que parece observarlo todo desde unos ojos misteriosos e imposibles. Nuestro mar convertido en una pared amarilla.

Siento una punzada en el pecho y las manos empiezan a sudarme de los nervios.

Cierro la puerta de la habitación y me alejo rápidamente, huyendo de la ballena jorobada, que me mira con ojos de fuego y parece atravesar el cemento para venir a mi encuentro.

Más tarde, mientras le acerco una cucharada de crema de verduras que mamá ha dejado preparada, junto con las sábanas planchadas y blanquísimas, la abuela se dirige a mí con un hilo de voz:

—No quiero más esto.

—¿El qué, abuela?

—Esto. Dar a todos tantos problemas.

—A mí no me das ningún problema, abuela.

—Tú deberías estar en Londres, con ese tal Hans, viviendo tu vida.

—Paul, abuela, Paul.

—Pues Paul. Como se llame. El caso es que no

deberías estar aquí, cuidando a una vieja como yo. Este no es futuro para una chica joven.

—Por favor, abuela, lo hago porque quiero.

—Niña, quiero que sepas que para cuando llegue el momento lo tengo todo preparado.

—¿El qué?

—Todo. Terminaré cuando quiera terminar, ¿me oyes? ¿Me has entendido bien, preciosa?

Me quedo pensando un instante en sus palabras, la cuchara vacía, la mirada escrutadora de la abuela.

—Terminarás cuando tú quieras terminar.

—Eso mismo. Así ya no quiero vivir. Así no, cielo. Y tú tendrás que ayudarme a arreglar la barca.

He llamado a Max porque necesito salir y distraerme un rato. Las palabras de la abuela —«terminaré cuando quiera terminar»— me han removido de arriba abajo. Porque a la abuela nadie le lleva la contraria. Cuando quiere o siente algo no para hasta que consigue su objetivo, pasando por encima de quien haga falta.

—Te llevaré al mejor faro del mundo —me dice Max dando gas a la moto—. O en cualquier caso al más bonito del mundo. Desde aquí arriba, desde este acantilado de casi doscientos metros de altura, se pueden ver el mar, el cielo, las islas, se puede ver la eternidad del mundo con tan solo un leve movimiento de pestañas. ¿Recuerdas cuando veníamos aquí de pequeños, Greta?

Aparcamos la moto y una ráfaga de aire está a punto de hacerme perder el equilibrio. El viento me agita el pelo y noto el frío en las mejillas, que me estira la piel como si fuera un chicle. «El faro de la Mola es uno de los lugares más bellos del mundo», nos decía siempre mi padre. «El último paraíso terrenal, como dicen aquí en la isla.» A nuestro alrededor, un acantilado altísimo y el faro a su lado custodian el mar y los paisajes. Muchos pinos y sabinas descienden hasta enterrar sus raíces en las grietas oscuras de las rocas. Un rayo de sol se filtra entre las ramas de los árboles y muere sobre el agua, creando una telaraña mágica. Max me da la mano y siento una calidez desconocida. El calor incipiente, el tacto áspero, los dedos reconfortantes de Max que ahora me sustentan.

—¿Vamos a ver las vistas?

Avanzamos hasta los confines de la montaña. Desde aquí arriba vemos la extensión del mar, los pinos, alguna que otra casa en primera línea de mar, un gato que deambula con un ojo tuerto y, a la derecha, una cueva secreta. Tengo la sensación de estar en el fin del mundo y mis recuerdos se convierten en escenas difusas.

—Te agradezco mucho que me hayas traído hasta aquí, Max. Es como si de algún modo estuviera volviendo a mi infancia.

—¿Y qué recuerdas de tu infancia?

Un silencio grave se apodera de mí.

—Los juegos, la playa, cuando nos poníamos las gafas de tubo para ver los peces de colores.

—Era divertido. A ti y a Julieta os gustaba lanzar piedras al mar para ver quién llegaba más lejos.

—Tienes razón. Casi no lo recordaba. ¿Y qué más hacíamos?

—Os gustaba cambiaros los nombres y decir que erais primas segundas.

Los recuerdos me transportan a un verano de no sé qué año, con Julieta, y con Max, y con Olivia, y con Rosa, y con tantos otros niños que se convierten en pequeños puntos insignificantes en mi memoria.

—¿Y qué más?

—Hacíais collares con conchas y mejillones de mar. Y luego los ibais a vender al mercado. Yo os acompañé más de una vez. Y también estaban las noches que dormíais al raso para mirar las estrellas. Una vez lo hicisteis en mi casa, ¿recuerdas?

—He olvidado tantas cosas...

—Os contaba las pecas de la piel. A ver quién tenía más. En eso siempre ganaba Julieta.

—Siempre ganaba Julieta...

Una punzada de celos se instala de nuevo dentro de mí. Pero Max sigue hablándome y me transporta hacia territorio firme con su voz. Y rema poco a poco dejando que yo descubra nuevos parajes, nuevas posibilidades en un relato que hace años, demasiados años, que me cuento.

—Tú eras la mayor y la de las ideas locas, algo macabra sí que eras. Te inventabas unos juegos extrañísimos.

—Sí, totalmente.

—Ella te seguía a todas partes. Pero se notaba que os queríais mucho. Yo diría que tú la adorabas.

Se me queda mirando con los ojos encendidos como brasas. La mandíbula compacta, el mentón triangular y una sonrisa franca en los labios. Lo miro y por un instante me cuesta ver en él al niño que conocía de pequeña y con quien jugábamos a saltar olas. Max es ahora todo un hombre, con un pasado que siento que no me quiere acabar de contar, con un presente del que sé muy poco, con una inclinación a hablarme de Julieta y, en concreto, a hacerme revivir algunos episodios que no yo no había asumido como propios.

Da un paso adelante y el aire le alborota su sedoso pelo. Detrás de nosotros, el precipicio de doscientos metros de altura nos alerta de que podemos caer en cualquier momento.

—De pequeño me gustabas mucho, Greta.

Me quedo pensando en lo que me acaba de decir y me sorprende que le gustara yo y no Julieta. Me vienen a la memoria las miradas de Max cuando era pequeño, que tal vez malinterpreté. Miradas insistentes, llenas de amor y de deseo por Julieta, la niña medio pez medio humana, la de la mancha en el muslo, la hermana predilecta. Siempre anhelé aquellas miradas que no iban dirigidas a mí sino a la hermana perfecta.

—¿En serio que te gustaba yo?

—Sí, pero me hacías ir de culo con tus ideas locas —dice medio riendo y bromeando.

Entonces le devuelvo una sonrisa y le respondo que siempre había pensado que le gustaba Julieta. Y como siempre me pasa en estos casos, me pongo a reír, y miro de reojo hacia el horizonte, y evito mirarlo a la cara por no saber cómo afrontar la situación. Hace unos días mi vida estaba en Londres, pienso: Paul y el trabajo, el olor a café de las mañanas, la música que entraba por el patio de luces, el rumor del tráfico y el gato de la esquina. Y, sobre todo, Paul y yo abrazándonos y prometiéndonos amor en nuestro sofá verde, hablando de la posibilidad o no de tener hijos. «Quiero tener un hijo contigo, Greta.»

Max y yo nos miramos con una mezcla de alegría y emoción contenida, temerosos e indecisos, como si fuéramos aquellos dos niños pequeños que todavía juegan en la arena de la playa y temen que los padres los riñan por haber hecho alguna trastada. Entonces volvemos a mirarnos y nos abrazamos en un cálido silencio. Somos dos amigos de la infancia que se han reencontrado y que no saben cuál es el nuevo juego entre ellos que toca a partir de ahora. Él me retira un rizo que cae sobre mi frente como una cascada.

—Me gusta mucho haberte reencontrado, Max.

—Me gusta mucho haberte reencontrado, Greta.

Helena

Podría decirle a Greta que salgo de ver a mamá y que voy a comprarle un buen pescado. Podría decirle que venga conmigo y me haga compañía. Podría decirle que después me pasearé por el puerto de la Sabina y me sentaré en una terraza a tomar un helado, y que me quedaré allí viendo cómo entran y salen los barcos hasta que caiga la tarde y ya sea hora de volver a casa. Podría decirle todo eso con gran naturalidad, como haría cualquier madre con su hija. O también podría decirle que no venga y se quede aquí cuidando a mamá. Y así ella se pasaría toda la tarde deambulando por las habitaciones, entraría en la que compartía con Julieta, le pediría a mamá que le contara leyendas para no tener que pensar en esa dolorosa realidad que a ninguna de nosotras nos deja dormir tranquilas. Porque sé perfectamente que a esta hija mía le ocurre algo. Algo que no quiere contarnos y que hace tiempo que le corroe por dentro. «¿Por qué has huido, Greta?», le preguntaría si tuviera el coraje suficiente para hacerlo. «Dime qué te pasa, dime de qué estás huyendo.»

—A mí no me pasa nada, Helena —me contesta en un tono seco.

—¿Estás segura?

Le veo el miedo en los ojos, la contradicción en el rostro, ese silencio impostado que va mucho más allá de nuestra relación y que hace que siempre se proteja con una coraza.

—¿Con Paul estás bien?

—Sí...

—Sé que tú y yo no hemos hablado demasiado, pero si tienes algún problema y me lo quieres contar...

—¿Ahora quieres hablar, Helena?

—¿Qué quieres decir, hija?

—Podrías haberlo hecho antes. Tuviste mucho tiempo para hablar conmigo, cuando yo era pequeña...

—Lo siento mucho, Greta —dice—. Intenté contártelo todo en las cartas.

Se me queda mirando con el rostro desencajado, como si en ningún momento hubiera esperado esa respuesta.

—¿Qué cartas?

—Las cartas..., las cartas que te escribí cuando eras pequeña.

—Yo nunca recibí ninguna carta, Helena.

De pronto se me hace un nudo en la garganta. Las cartas que envié durante tanto tiempo. Decenas, quién sabe si cientos. Las cartas que enviaba siempre a mamá porque Ernest no quería saber nada de mí y decidió apartarme de su vida. Las cartas en las que le explicaba a Greta lo que sentía. Los temores, la vida, las súplicas, las expectativas. Las cartas que durante un tiempo se convirtieron en un puente entre la vida y la muerte, entre los días y las noches sin dormir. Las escribía de noche, de día, al amanecer, siempre pensando en ella. En ti. ¿Nunca las recibiste, Greta?

Mi hija me mira con los ojos vacíos y se queda completamente muda.

Entonces vemos a mamá, que entra en el salón y camina hacia nosotras con la ayuda de una muleta y nos mira con ojos de perro apaleado.

—¿No le diste las cartas, mamá?

La muy cretina se encoge de hombros y me contesta con una media sonrisa:

—Las cartas están todas aquí. En la cómoda de la habitación de las niñas, para cuando las quieras leer, cielo —le dice ahora a Greta.

Mamá pasa de largo como si en ningún momento quisiera hacerse responsable de sus propios actos. No puedo creerlo. Quisiera abalanzarme sobre ella, gritarle. ¿Pero quién se ha creído que es? Mi madre ha estado durante años escondiéndole las cartas. Mi madre me ha robado la vida. ¿Y ahora cómo me acercaré a Greta, si ni tan solo quiere escucharme?

Greta

Max y yo estamos sentados en la arena compartiendo un cigarrillo frente al mar. Nuestros encuentros son cada vez más frecuentes, solo hace falta una llamada o un guiño para que nos volvamos a ver y pasemos un rato hablando del pasado y de todos los recuerdos que nos unen. Mientras aspiro una calada honda pienso en la última conversación que he mantenido con Helena.

—¿En qué piensas, Greta?

—Mi madre me ha dicho que me estuvo escribiendo cartas.

—¿Y no las quieres leer?

—Aún no. Quizá más adelante. O quizá nunca. A veces es mejor dejar las cosas tal y como están para no complicarlas.

—Quizá ella quiere acercarse a ti y no sabe cómo hacerlo.

—Me hace responsable de muchas cosas, y no sé si quiero enfrentarme a ello...

—¿De la desaparición de Julieta?

—Yo no hice nada malo. Solo quería protegerla...

—Fue un accidente, Greta. No veo por qué tendrías que ser la responsable.

Las palabras de Max me hacen pensar en una tarde que durante años he querido borrar de la memoria. Sin embargo, la llevo siempre conmigo, me acompaña en sueños, me despierta en las pesadillas más terribles y salpica de sangre el relato que me he ido construyendo sobre mi vida.

—Tú no tuviste nada que ver —insiste Max, haciendo espirales de humo que se lleva el viento.

Y, sin pretenderlo, mis recuerdos viajan a una tarde de verano en la que nuestros padres nos habían dicho que celebraríamos la fiesta del agua. En la familia era tradición celebrarla preparando un pícnic y escogiendo una cala cercana para pasar allí el día con familiares y amigos. Coincidía con Sant Pere. Mi madre hacía tortillas de patatas y empanadas y envolvía quesos hechos en casa, y la abuela se encargaba de llevar vasos de plástico, cubiertos, un porrón de vino y el mantel.

Aquel año mi madre eligió la playa de Es Trucadors. Allí nos reunimos con Max, Olivia, Laura, Rosa y un par de niños más que el tiempo se ha encargado de transformar en figuras difusas.

—¡Ni se os ocurra arrancar la posidonia! —nos decía la abuela mientras extendía la toalla de mariposas lilas en la playa.

—Déjalas, mujer —la corregía papá, dando una calada a un cigarrillo—. Deja que se diviertan.

Un poco más allá, Helga se reía con cada una de las ocurrencias de la abuela, que se empeñaba en ponerle crema solar y le dejaba la espalda como un pastel de nata.

—¿Te imaginas que Helga y la abuela fueran novias? —me preguntó divertida Julieta.

Julieta, Max, Olivia, Rosa y yo estuvimos recogiendo conchas que pintamos con rotuladores de todos los colores. Después nos dedicamos a hacer collares, y Julieta y yo nos regalamos uno a cada una en señal de nuestra amistad eterna. Fue en ese momento cuando pude comprobar cómo Max miraba a Julieta. Sus ojos brillaban como faros y derramaban amor y deseo por todas partes. Ella todavía era una niña, de tan solo siete años, que corría de un lado a otro de la playa y nos hacía reír a todos con sus gracias. Yo la observaba y creía que tenía un cuerpo feérico que solo podía ser propio de una diosa. Su cintura perfecta, la mancha en forma de coral marino, el pelo azulado y lleno de pequeños cristales la convertían en una criatura preciosa. Sentía veneración por aquella hermana que me había caído como un regalo del cielo y a la que amaba y odiaba a partes iguales, a pesar de que me costara mucho reconocerlo.

Cuando llegó la noche, la abuela nos invitó a dormir en su casa como hacíamos algunos fines de semana.

—¿En su cama encontraremos a Helga? —Julieta y yo nos reíamos por lo bajo.

—¿Tú crees que se dan besos a escondidas?

Una vez en casa, la abuela fue a ducharse y a preparar la cena y nos dijo que mientras tanto podíamos ir solas a jugar un rato a la playa.

—Pero nada de bañaros, ¿eh? —añadió—. Jugáis en la arena y ya está. Nada de meterse en el agua.

Julieta y yo fuimos a la playa y estuvimos haciendo castillos de arena. Pero de repente un deseo y un ansia de aventura se apoderaron de mí y me giré para mirar a Julieta.

—¿Has visto la cueva marina que se ve desde la playa de Es Trucadors? —le pregunté.

—Sí.

—La abuela dice que cerca de allí el rey Sigurd debió de esconder el tesoro que todo el mundo busca y que nadie ha encontrado nunca.

—¿El tesoro de los piratas?

Entonces se me ocurrió una de aquellas ideas absurdas —¡las ideas de bombero de Greta!— que nunca debería haber tenido por el mero hecho de ser la hermana mayor y, aparentemente, la responsable. Pero las ganas de aventura me superaban, y también un cierto recelo de ser yo y solo yo quien mandara un poco en esa casa.

—¿Y si vamos a buscarlo?

—¿Cómo? ¿Ahora?

—Sí, ¿por qué no? Podemos coger la barca del abuelo e ir mar adentro. No estamos tan lejos.

—Pero papá no nos deja coger la barca...

—Él no tiene por qué enterarse.

—¿Y si los espíritus de los piratas se enfadan?

—No se enfadarán, Julieta, puedes estar tranquila. Si salimos ahora no nos verá nadie. Aún estamos a tiempo.

—¿Y podremos conseguir el botín que el rey Sigurd robó a los piratas?

—¿Te imaginas poder quedarnos con todos esos corales y piedras preciosas?

—Sí, ¡vamos!

Max me mira con los ojos muy abiertos y las manos entrelazadas mientras escucha con un silencio estremecedor el relato de lo que ocurrió aquel día.

—¿Cogisteis la barca? —me pregunta ahora mirándome muy serio.

—Sí. Y nos adentramos en el mar.

—No me jodas, Greta...

—El mar empezó a agitarse..., la barca iba de un lado a otro y...

—Tranquila... —me dice pasándome un brazo por el hombro—. ¿Qué más pasó?

—Basta, Max, no quiero hablar más de esto, necesito olvidarlo... No puedo.

Y entonces me levanto de la arena y me voy corriendo a buscar la moto, dejando a Max atrás junto con todos los recuerdos que me persiguen. Él también echa a correr para alcanzarme.

—¡Espera, Greta! ¡No te vayas!

Y me escapo como puedo —de Max, de las cartas de Helena, de nuestra última conversación—, mientras la imagen de dos niñas yendo a por la barca me estalla en la cabeza como una noche de tormenta. «¿Dónde vamos, Greta?», me preguntaba Julieta.

Un tesoro lleno de rubíes, oro y esmeraldas nos esperaba.

Matilde

Helena entra y sale de la habitación con una mueca en el rostro. Sus movimientos son nerviosos. Me acaba de recriminar que no le diera las cartas a Greta y no sé cuántas cosas más que no acabo de entender. Pero qué querías que hiciera, la pobre niña ya tenía bastante sufrimiento encima. Helena aprieta un puño como si quisiera aplastar un huevo y veo que se le escapa una lágrima ácida. Hace tiempo que esta hija mía navega sola. Y se cree que no sé nada, cuando sé a ciencia cierta todo lo que le pasa. Se lamenta. Se encierra en sí misma. Busca culpables desesperadamente, pero es incapaz de mirarse en el espejo y hacer un mínimo de autocrítica. Ahora veo que se calma y se sienta a los pies de mi cama. Desde que era pequeña, sus gestos hablan por sí solos. La mano en el lóbulo de la oreja izquierda, las piernas cruzadas, la mirada huidiza y un dedo que enrosca un mechón de pelo espeso.

—No tenías ningún derecho, mamá —me dice.

—En eso no estoy de acuerdo.

—Era mi intimidad. Yo tenía derecho a comunicarme con mi hija.

—Y yo también tenía derecho a hacer otras muchas cosas...

—No sé dónde quieres ir a parar.

—Mira, hija, yo lo único que quería era proteger a Greta.

—¿Protegerla de qué?

—¿De qué le servían tus cartas, eh? ¿Qué querías? ¿Que la pobrecita sufriera todavía más? Le decías unas cosas que la habrían hundido.

—Le decía que pensaba en ella a todas horas, mamá.

—Ya...

—Y que la quería.

—Y también que no pensabas hacer nada, Helena. Nada. No me vengas con cuentos y haz un poco de autocrítica, ¡cojones! ¿Cómo querías que le enseñara todas aquellas cartas?

Helena se derrumba y se lleva las manos a la cabeza. Se hace pequeña para dejar de estar, para desaparecer. Y yo me reitero en cada una de mis acciones y mis palabras. Proteger a Greta. No darle las cartas era un mal menor. La pobre niña ya estaba sufriendo lo suficiente como para ponerle más preocupaciones encima. Hay momentos en la vida en que deben tomarse determinadas decisiones y punto. No hace falta darle tantas vueltas.

—Lo he hecho todo tan mal, mamá —me dice ahora Helena.

—Sí que lo has hecho mal, sí. Pero ahora, si quieres, tienes la opción de arreglarlo. Aunque, claro, tú siempre eligiendo el camino más difícil. Tú siempre viendo el mundo desde el ángulo podrido, como tu hija.

Observo su melena naranja, hecha de mechones y promesas incumplidas. ¿De quién habrá heredado ese silencio oscuro? A menudo tengo ganas de abofetearla, de gritarle al oído, de pellizcarla para que reaccione, de hacer que grite. Miente. Se miente a sí misma y miente al mundo entero. Lleva a Greta incrustada en el corazón y los recuerdos le pesan como una enfermedad irreversible. Piensa en el mar. En aquella tarde de la que nadie ha vuelto a hablar, aquella tarde en la que el mundo se oscureció y todas nosotras perdimos un poco la esperanza. La tarde en que desapareció Julieta.

—Yo solo quería comunicarme con mi hija —dice Helena.

—Ahora ya es tarde —contesta Greta.

Helena y yo nos volvemos y vemos a Greta observándonos muy seria desde el umbral de la puerta. Nos mira con consternación, como si no tuviera ganas de interrumpirnos.

—Tampoco tengo ningún interés en leer las cartas —afirma ahora Greta.

—Hija... Te estuve escribiendo durante años.

—Y te lo agradezco. Pero creo que prefiero dejar las cosas tal y como están.

—Pero, Greta...

—Ya no tiene sentido, Helena. Ha pasado demasiado tiempo —la interrumpe—. Es demasiado tarde. Lo siento.

Se hace un silencio incómodo y pienso que esta conversación se está complicando de mala manera. Y yo que solo quería que se vieran después de tantos años y acabaran haciendo las paces... Y ahora me vienen con lo de las cartas, como si la culpa de su mala relación la tuviera yo, como si yo fuese una bruja malvada.

—Me voy al hostal, abuela —dice ahora Greta—, si necesitas algo solo tienes que llamarme.

Las miro de reojo desde la cama, recortadas contra el cielo azul que se ve más allá de los cristales, ambas ignorando que dentro de un tiempo, cuando yo ya no esté, se verán obligadas a decirse cosas que nunca habían pensado que se dirían, a conversar sobre mí y sobre ellas como nunca habían pensado que lo harían, abriéndose por fin la una a la otra, sin posibilidad de echar la vista atrás.

Y cuando lo hagan, cuando intercambien cuatro palabras, Greta querrá coger las cartas y leerlas muy poco a poco, deteniéndose en cada palabra, en cada frase inacabada. Y quién sabe si entonces se acercarán y harán el esfuerzo de entenderse. Porque la vida es corta y tenemos demasiado poco tiempo para andar mareando la perdiz y perderlo con tonterías.

Solo esperanzas. Tan solo buenas noticias.

Pero las muy tozudas venga a pelearse.

¡Por mí os podéis ir al infierno, atajo de energúmenas!

Greta

Tras la desaparición de Julieta, mi madre se echó en la cama y ya no quiso salir de allí. Mi padre se sentaba a menudo a su lado y le acariciaba el pelo, rizado y naranja, ofreciéndole su calor. «Venga, Helena, salgamos a dar un paseo. Va, que hoy hay un poco de sol. Nos vendrá bien dar un paseo junto al mar, que te dé el aire.» Pero Helena, mi madre, se quedaba callada y se limitaba a hundir la cabeza en la almohada de plumas hasta emprender un sueño silencioso e intermitente. Ni la medicación que le había recetado el médico, ni los consejos de mi padre ni los reniegos de la abuela («¡Maldita sea, hija, esto tenemos que levantarlo como sea!») servían para que mi madre reaccionara. Y así iban pasando los días, entre llantos, sueños interrumpidos, evasivas de mi padre y las leyendas de la abuela, que poco a poco dejaban de tener sentido.

«Basta ya de leyendas, mamá.»

«Nunca más.»

Yo la observaba desde el umbral de la puerta y me preguntaba qué podía hacer para que mi madre se sintiera mejor. Pero ella me evitaba con la mirada y me lanzaba palabras afiladas como cuchillos que yo tenía que esquivar mientras me escabullía retirándome a algún rincón para intentar no molestar. En casa todo el mundo me miraba de reojo, excepto la abuela Matilde, que de vez en cuando me proponía ir a dar un paseo, o ir al cine, o me preparaba chocolate caliente para animarme. «Venga, no te quedes callada. Pareces muda», me decía. «Cuéntame cómo te sientes por dentro, niña.»

Pero yo no pronunciaba ni una sola palabra desde la tarde en que me llevé a Julieta a la playa para vivir una aventura inolvidable. Me encerré en una especie de cueva, mi cueva particular, de la que no quería salir, tal vez por miedo a las represalias. Quería hablar y no me salían las palabras, estaba aterrada por lo ocurrido, echaba de menos a Julieta y tenía miedo de que, si contaba la verdad, los mayores acabaran culpándome a mí.

—Venga, Greta, dime algo —me suplicaba a menudo mi padre.

—Habla, niña, habla —me gritaba la abuela—. ¿Acaso te has quedado muda?

Pero yo seguía viviendo dentro de mi pequeño mundo, mi pequeño mar, protegida bajo capas y más capas de silencio. Un silencio que me ha acompañado hasta ahora.

A aquella culpa que yo asumí sin siquiera cuestionármela se le sumó el recuerdo de los ojos sonrientes de Julieta cuando la vi por última vez, y más tarde el de las horas que permanecí escondida en una cueva mientras mis padres y la gente del pueblo se dedicaban a buscar a Julieta. «Estamos buscando el cuerpo. Aún no la hemos encontrado.» Fueron unas horas eternas, imprecisas, en las que me mordisqueaba sin parar los padrastros de los dedos hasta provocarme sangre y heridas. Me limitaba a repetir una y otra vez: «Vuelve, Julieta. Vuelve a mi lado. No puedes haber desaparecido». Y también: «Tendría que contárselo todo a mis padres».

En lugar de ir a casa me fui a la cueva de la cala de Baster y me quedé allí unas horas, escondida, en medio de la oscuridad, hasta que más tarde llegaron un par de hippies dispuestos a instalarse con unos sacos de dormir y unas colchonetas. Fue en ese instante, o quizá algo más tarde, no estoy segura, cuando decidí marcharme. Y entonces deambulé sola por la carretera, y después por el pueblo de Sant Ferran, dando vueltas sin un destino concreto, evitando el fatídico momento de volver a casa.

Me detenía, caminaba, y volvía a detenerme. Me detenía, respiraba, y volvía a emprender el camino. La luz bondadosa me señalaba un caminito de piedras, pero enseguida me di cuenta de que el sendero se volvía tortuoso. No me atrevía a mirar hacia delante y aún menos hacia atrás. Tampoco me veía capaz de derramar ni una sola lágrima. Hacía solo unas horas Julieta estaba conmigo, cantando dentro de una barca, con aquella melena azulada ondeando al viento que yo le quería arrancar para hacerme unas trenzas que me llegaran hasta los tobillos. «¿Vamos a buscar el tesoro de los piratas?» Dentro de mí nacía una ínfima esperanza, como una flor amarilla, que me decía que Julieta todavía estaba viva y que en cualquier momento la encontrarían.

«Quizá la ha encontrado el rey Sigurd», me decía.

«O la ha rescatado una sirena.»

«O se la ha llevado una serpiente marina y la tiene secuestrada en una cueva.»

«Quizá todavía está viva», me repetía caminando con la mirada fija en las sandalias, que crepitaban ruidosamente contra el asfalto.

Hasta que por fin llegué a casa y mis padres empezaron a gritarme. «¿Qué ha pasado? ¿Pero qué has hecho? Julieta ha desaparecido, no la encontramos.»

Más tarde, con mi madre dando vueltas por la casa y mi padre poseído y consumido por los nervios, oí la siguiente conversación:

—Yo no quiero verla.

—Venga, Helena, ella no tiene la culpa.

—Esta niña siempre nos ha traído problemas. Siempre.

Matilde

El entierro de Julieta fue una tomadura de pelo digna de una película de Hollywood. Una exhibición ostentosa. ¿Cómo se entierra a alguien cuyo cuerpo nunca ha llegado a encontrarse? Mi hija Helena y Ernest, abatidos, sabiendo que ya había pasado casi medio año y no habían hallado el cadáver de su hija, aceptaron un entierro simbólico en el cementerio de Formentera. Helga y yo fuimos a buscar a Greta, y la agarramos muy fuerte de las manos mientras Ernest depositaba unas flores en la tumba, unos lirios amarillos, como una bola de fuego, y le dedicaba unas palabras preciosas a nuestra querida Julieta. Acudieron los vecinos de la calle, y Joan, el farero de la Mola, con su hijo Max, y un grupo de gente que ahora no puedo recordar de lo absurda que resultaba toda aquella pantomima. Palabras y más palabras vacías: «No os preocupéis». «Seguro que está en el cielo.»

«Quedaos con los buenos recuerdos.» ¡Menudas tonterías!

Yo, como no creo en Dios ni en esas estupideces, me negué a aceptarlo y cogí en brazos a la pequeña Greta y le conté una historia que es la única que me ha reconfortado un poco.

—Julieta está feliz entre las aguas y las posidonias, que la protegen. Seguramente, tu hermana se ha convertido en una sirena.

Me escuchaba con los ojos muy abiertos, como cuando me entretenía contándole leyendas.

Muda.

Siempre muda.

Entonces me llevaba a Greta y la sentaba a mi lado cerca del mar mientras esperábamos quietas frente a aquel azul inmenso de aguas puras y cristalinas. Veíamos aparecer los barcos que zarpaban hacia Ibiza o que arribaban a puerto cargados de turistas que venían a pasar un fabuloso día en la isla. Y así pasábamos las horas, contemplando aquel mar de ribetes anaranjados, agarradas de la mano, en silencio; de vez en cuando también venía Helga, siempre Helga, hasta que el cielo se oscurecía y llegaba el temido momento de volver a casa.

Greta

Delante de mí, las letras bailan y forman una montaña de palabras. Leo lo que he escrito y constato que nada de lo que he hecho tiene un mínimo sentido. Un guion sobre una madre y una hija. Una historia hecha de sueños y fragmentos entrecortados de realidad. Me falta un punto de inflexión, y alguna sorpresa, y un buen personaje protagonista con un objetivo claro y definido. Voy de una escena a otra recreándome en escenarios imprecisos —¿Londres, un barrio cualquiera de Mozambique, Barcelona?— y pierdo el hilo de mi historia.

El móvil suena y Paul me envía un mensaje que me abstrae de mis pensamientos.

—¿Cómo estás?

—Bien —le contesto—. Y tú, ¿cómo estás?

Veo que tarda en contestar y que escribe y borra algún mensaje. Finalmente me responde:

—Estos días voy de cabeza con el rodaje de la peli de vampiros.

—¿Está quedando bien?

—No lo sé. Más o menos. ¿Podemos hablar un segundo?

No espera a la respuesta y me llama. Hace días que no hablo con él y tengo la sensación de que me fui de casa de malas maneras. Así que decido dejar de ser una irresponsable y contesto (por fin) la llamada.

—He pensado que cuando acabe el rodaje podría ir unos días a verte a Formentera.

Permanezco unos segundos en silencio.

—Solo si te parece bien, ¿eh? No querría molestar. Y así me presentas a tu abuela y, si quieres, a tu madre.

—No sé, Paul. No sé si es una buena idea.

—Venga, Greta, por favor, no puedes huir para siempre, no puedes dejarme al margen. Tenemos que hablar.

—Tienes razón, perdona. Pero creo que ahora no es el momento. Estoy pasando una época confusa con mi madre y mi abuela.

—¿Qué ha pasado?

—Nada... Necesito tiempo. Necesito digerir algunas cosas.

—Pero nosotros... No puedes irte así. No puedes mandarlo todo a la mierda.

Es algo que he hecho otras veces. Cuando veía que las relaciones llegaban a un punto crítico, o tal vez comprometido, echaba a correr, me iba y lo dejaba todo de un día para otro. Maletas, cuatro pertenencias, alguna prenda que olvidaba siempre en casa de algún ex. Como si quisiera marcharme pero al mismo tiempo no hacerlo del todo, como si quisiera huir y al mismo tiempo esconderme en una cueva, como si... Entonces buscaba un posible nuevo destino, siempre lejos del mar, un lugar donde empezar desde cero con una sonrisa y un pasado que fuera una página en blanco, una biografía inventada. Y de un día para otro aparecían nuevos amigos, y amantes efímeros, y trabajos improvisados que nunca me llevaban a ninguna parte pero que me permitían ir tirando durante una temporada, lo justo para sobrevivir. Podía ser otra vez una Greta sin un pasado inconfesable, sin un pasado lleno de culpas. Podía ser Greta. Clara. Paula. Quien quisiera ser en este mundo. Pero allá donde iba siempre arrastraba aquella sombra oscura que me recordaba todos los peces del mundo que había exterminado, todas las veces que me había escapado de casa, todas las inconmensurables broncas con mi madre, que acababan siempre con un «Eres tan complicada, Greta».

Me pregunto qué quiero y qué espero de mi relación con Paul. Me fui diciéndole que se había terminado, pero ni yo misma me creo mis palabras. Lo cierto es que no es la primera vez que le monto este numerito, que ni siquiera yo puedo controlar ni comprender. Cuando me sale la rabia o el miedo se apodera de mí, echó a correr y hago lo único que sé hacer en esta vida: desaparecer del mapa.

—Quizá sí, Paul. Deja al menos que me lo piense unos días.

—De acuerdo, pero que sepas que no puedo esperarte indefinidamente. Porque me estoy cansado de esperar. Dime algo pronto.

Y por primera vez habla claro y se enfrenta, y sus palabras escuecen, y pinchan, y sangran, y también por primera vez en mucho tiempo toma las riendas de la conversación y yo me siento la persona más miserable y egoísta del mundo. Entonces echo de menos sus sonrisas, y el tacto de sus caricias, y nuestras larguísimas conversaciones en el balconcito de Londres, que se alargaban hasta altas horas de la noche. Y sin querer salto al primer recuerdo de él y yo juntos, el codazo en la productora, y mis papeles cayendo al suelo, y las horas que pasamos sentados charlando en el sofá verde que encontramos en la calle, viejo, lleno de quemaduras de cigarrillo. Todos los libros que compartimos. Y las películas que vimos. Su saliva en mi cuello, él con la cámara de fotos enfocándome. «Ponte más recta, Greta. Y ahora sonríe.» Los miles de mensajes que nos llegamos a enviar por WhatsApp y que todavía tengo grabados en el ordenador. «Te quiero. Te añoro. ¿Cuándo volverás?» Y todas las veces, decenas, cientos de veces, que hicimos el amor en el sofá verde y me dijiste al oído: «No te preguntaré nada, pero quédate conmigo. Quédate conmigo para siempre, Greta».

—¿Por qué no quieres que vaya contigo a Formentera, Greta?

—Hay demasiadas cosas que no te he contado.

—Pero, Greta...

—Tú no me conoces, Paul. No me conoces.

—¡Qué bien que me hayas llamado! —me dice Max, que ahora me abre la puerta de la barraca de pescadores donde vive a pie de playa.

Le he llamado y todavía no sé por qué. Las contradicciones que habitan dentro de mí. Apartarme de Paul quizá porque creo que no soy merecedora de él. O también: la compañía de Max, que me transporta a algún paraje remoto de mi infancia.

¿Quién soy yo y quién es Max? ¿Quizá quiero retenerlo conmigo como si se tratara del tesoro más valioso de mi memoria?

—Creía que no volvería a saber nada de ti —me dice sonriendo.

Entro con paso sigiloso y me sorprende ver un espacio tan pequeño a ras de arena. Ni que decir tiene que desde aquí las vistas son espectaculares. El mar justo enfrente, completamente vacío, sin nadie (todavía) que nos entorpezca la visión; tan solo tres o cuatro barcas. La casita, por lo que puedo ver, es un solo espacio, con una estancia, una cocina y un aseo. Lo justo para vivir bien y no tener que acumular demasiadas pertenencias. Deduzco que Max vive solo, y eso me hace pensar que yo tengo a alguien que me espera al otro lado. Siento curiosidad por saber cómo un hombre de treinta y cinco años, tras recorrer el mundo, decide volver a la isla y quedarse a vivir en una barraca de pescadores para siempre. Me pregunto por qué está aquí, si como yo huye de algo. Echo un vistazo a la estantería, donde una serie de objetos recogidos en la playa se despliegan en un abanico de colores: libretas con las páginas amarillentas, gomas de pelo, pulseras de hilos, collares, libros, mecheros y una pila de monedas de euro. Al lado, en un pequeño escritorio, hay un montón de hojas garabateadas donde imagino que vuelca y recrea sus historias. Me pregunto quién es realmente Max y por qué ha aparecido en el momento más imprevisible de mi vida. ¿Tendrá a alguien a su lado?

Saca un par de cervezas de la nevera y nos sentamos en el sofá.

—¿Cómo está estos días tu abuela?

—Va tirando, gracias.

—Pero... ¿cuántos días piensas quedarte aquí cuidándola?

—Aún no lo sé.

—¿No tienes fecha de vuelta?

—No. En principio, no.

—¿Y el trabajo?

—Ahora mismo solo tengo un guion entre manos. Así que dispongo de todo el tiempo del mundo para decidir qué hacer. Bueno, hasta que se me acabe el dinero.

Se me queda mirando, sorprendido por mis palabras. En el fondo pienso que no tengo nada que hacer, tan solo Paul me espera. Y la línea que separa mi vida aquí de mi vida allá se vuelve cada vez más difusa.

—En todo caso me alegro de que quieras quedarte —me dice sonriendo—. ¡Brindemos por tu regreso!

Desde el día de la playa, desde que percibí —¿era real?— una caricia suya bajo el agua, me he imaginado la escena una multitud de veces. Y es que dentro de mí siento el deseo de poseerlo, de decirle que me lleve con él muy lejos y me invite a quedarme para siempre en esta isla. Y dentro de mi imaginación —solo en mi imaginación— me acerco a su cuerpo y me dejo acariciar suavemente las mejillas, con ternura, y el lóbulo de la oreja izquierda, y los párpados, que ahora me besa muy lentamente, como si fuera la última vez que nos veremos en la vida.

Nos quedamos mirándonos y siento que nuestros cuerpos se encienden. Puedo percibir el deseo en sus ojos, la mano que avanza lentamente, una carcajada pícara seguida de alguna palabra que me susurra al oído. Nos damos un beso y los pelos del cuerpo se me erizan. Y me dejo acariciar suavemente, primero el cuello, ahora un pecho, y baja recorriendo todos los pliegues de la piel hasta pintarme con su saliva.

—¿Salimos a nadar un rato? —me dice ahora Max, irrumpiendo en mis pensamientos.

Le digo que sí, que claro, y rompo el hechizo. Entonces nos miramos sonrientes y echamos a correr hacia el mar como si por primera vez en mucho tiempo fuéramos realmente libres.

No sabes dónde vas, Greta, me digo. Hace tiempo que navegas.

Matilde

—Cojones de niña, por fin vienes a verme.

—No he venido en un par de días porque no me encontraba muy bien, abuela.

—Pero al menos podrías haber llamado o haberme dicho algo.

—Tienes razón, abuela.

—Venga, no me mientas que ya sé que todavía estás dolida conmigo.

—Un poco.

—¿Has leído ya las cartas de tu madre?

—No, y no me apetece hacerlo. Quizá más adelante. Pero no tenías ningún derecho a escondérmelas, abuela.

Esta tonta del bote no me perdona que le haya escondido las cartas de su madre. Y sé que en cierto modo tiene razón. ¿Pero entonces cómo quería que la protegiera? Si hubiera llegado a leer según qué cosas, seguramente aún habría sufrido más. Tendría que haber quemado todas esas malditas cartas. Y de paso tendría que haberme quemado a mí misma, que en esta vida no he hecho otra cosa que cagarla, y especialmente con ella: la persona a la que más quiero en este mundo, mi adorada Greta.

—Dejémoslo, abuela. ¿Te he dicho ya que te quiero?

Greta traga saliva y aprieta los dientes con fuerza. Hoy tiene el rostro empequeñecido, como si la hubiesen moldeado con plastilina y hubieran dejado la figurita a medias. Una figura dúctil, inclinada hacia un lado, como un tallo de petunia. Me abraza muy fuerte sin atreverse a sacar un nuevo tema de conversación y sin saber cuál es la forma adecuada en que debe comportarse. Yo le devuelvo el abrazo y nos quedamos así un buen rato, abrazadas la una a la otra, con nuestras manos convertidas en rocas y el calor en nuestra piel.

—¿Y cómo va esa historia que quieres escribir? —le pregunto por sacar un tema diferente de conversación.

—He escrito muy poco —me contesta—. En la pensión no me concentro demasiado.

Entonces veo que se queda pensando y que su mirada vuela hacia el majestuoso pino que hay más allá de la ventana.

—¿Me contarías más leyendas, abuela?

—Sí, ¿por qué?

—Quizá me ayuden a inspirarme. Me encuentro en una especie de bloqueo creativo. Tengo una historia pero no sé cómo encauzarla.

—¿Quieres incluir leyendas en tu guion, cariño?

—No, no es eso. Pero quizá me servirían para inspirarme un poco.

—¿Leyendas? Todas las que quieras, cielo. Siéntate, siéntate... Ven y siéntate aquí, que te contaré una muy buena.

Tomo aire y mis pensamientos viajan mar adentro.

—Había una vez un pescador que vivía dentro de su laúd.

—¿Dentro de la barca?

—Sí, dentro del laúd. Allí tenía un libro, el palangre, la red de pescar, los remos y poco más.

—Me gusta esta historia.

—De día dejaba la barca en la playa y se quedaba leyendo durante horas y horas. Y por las noches salía a pescar.

—Hasta que...

—Un buen día, el mar fue a buscarlo y le dijo que le concedería tres deseos.

—Tres deseos, madre mía.

—Pescar todos los peces del mar, encontrar a una buena esposa y ser un hombre admirado, le contestó el pescador.

—Ay...

—Y la mar se los concedió: le hizo pescar todos los peces de la mar, lo que hizo que vendiera tantos peces que se pudo comprar una buena casa. Más tarde, una mujer preciosa se enamoró de él y pasó a ser un hombre admirado por toda la gente del pueblo.

—Pero entonces dejó de pescar.

—Exacto. Se fue tierra adentro y se dedicó a vivir de otra forma. Sin embargo, poco a poco fue echando de menos la mar, que lo llamaba por las noches, y a su barca, y a su único libro...

—¿Y qué hizo?

—¿Tú qué crees que hizo?

—¿Volver al mar?

—No tenía ánimos. Y el resto de los mortales le dijeron que aquello era una tontería. ¿Acaso no estaba bien en tierra? Pero él aseguraba que cada noche oía las voces que venían del mar. Porque las voces del mar se oyen, ¿lo sabes, verdad? Te llaman.

—¿Tú las oyes?

—Siempre. Yo oigo cómo me llaman, y cada vez más fuerte. Para los que vivimos aquí, el mar es una fuerza poderosa que nos ilumina durante las noches de luna llena. El mar es calma, también es reposo, es vagar, es vida y es muerte... Pero sobre todo es compañía.

—Compañía.

—Tu hermana estará bien, allí en el mar.

—No me has contado cómo termina la historia.

—¿Cómo quieres que termine?

—¿Acaso no es una leyenda?

—Me la acabo de inventar, tonta.

—¿En serio?

—Las historias pueden terminarse como tú desees. Puedes cambiar el inicio, la parte de en medio, el final. Puedes añadir un personaje secundario. Es lo mismo que hacemos con nuestros recuerdos. Podemos contarnos nuestra historia desde muchos puntos de vista. Al final, la memoria no deja de ser una ficción. Y en función de cómo te cuentes a ti misma la historia, vivirás de una manera o de otra todo lo que ha sucedido a lo largo del tiempo.

—Depende de cómo tú te lo cuentes.

—Tú sabes que no fue culpa tuya, ¿verdad? Perdónate, Greta. Perdónate de una vez. Y ahora dime qué significado quieres que tenga esta puñetera historia.

Helena

No podía verla, lo reconozco. Y tampoco me sentía con fuerzas. Pensar que Julieta era un cuerpo muerto que flotaba entre los peces me provocaba una tristeza infinita, un vacío de hambre en el estómago, de órganos extirpados. Me pregunto si todo aquello fue culpa de Greta, mi hija mayor. Si ella tuvo algo que ver.

De pequeña fue siempre una niña extraña. Envidiaba nuestra mancha de coral, que fuéramos mujeres de mar, como lo llamaba la abuela, o espíritus de viento, y envidiaba la belleza de su hermana. Yo no me di cuenta a tiempo y no supe cómo protegerla. Quién sabe si se comportaba así porque Julieta siempre estaba en mi regazo. Pero ¿qué iba a hacer si estaba siempre enferma? Y Greta me miraba desde lejos, con aquellos ojos asustados y las pupilas encendidas. Encerrada en sí misma, silenciosa, inteligente, con una dosis de mala leche importante, tirando la piedra y escondiendo la mano, esa era ella. Claro que fue culpa mía por proteger tanto a la pequeña Julieta. Greta debió de sentirse al margen, abandonada, la única habitante de una isla solitaria y poderosa. Se inventaba todo tipo de juegos, quién sabe si para llamar la atención de la familia: el juego de los espíritus de los piratas, el juego de hacer collares, el juego de ir nadando hasta la boya, el juego de pintar la habitación de casa de la abuela... ¿Qué juego se habría inventado aquella última vez? Me imaginaba a las dos jugando al escondite en la playa hasta que Greta la perdía de vista. «¿Dónde estás, Julieta?» O quién sabe si Greta le había metido en la cabeza la idea de bañarse en alta mar desafiando las leyes del temporal. Y entonces se desató la tormenta y no pudieron hacer nada ante la furia del mar. Julieta se ahogaba y Greta no podía hacer nada por salvarla. O quién sabe si... Basta, Helena, ya basta, me decía, harta de tanto fustigarme.

—¿Qué pasó, Greta? ¡Habla!

Pero por más que quería no obtenía respuestas. Siempre callaba. Llevaba unos cuantos meses muda.

—¡Habla, Greta, habla! —Y no había manera de arrancarle las palabras.

Al cabo de unos meses decidí hablarlo con Ernest.

—No puedo más. Me siento destrozada.

—Yo también la echo de menos, Helena.

—Haz tú algo. Yo ya no puedo. Es que Greta...

—Deja a Greta, Helena. Ella no tiene la culpa.

Entonces se me empezó a pasar por la cabeza aquella idea que cada vez se hacía más y más poderosa. La idea de huir y dejar atrás el dolor, de tener un tiempo para mí, de alejarme del mar; un mar que me ofendía y me hostigaba a partes iguales. Un mar que cada día se me volvía más hostil y salvaje.

Greta

Aquellos días veía a mis padres distantes. De vez en cuando mi padre venía a la habitación y hacía el esfuerzo de hablar conmigo, de contarme algo. Le salía una voz ronca, resquebrajada, con un deje de tristeza que le nacía del pecho, de las entrañas. Yo no entendía cómo era posible que mi madre nunca viniese ni siquiera a darme un beso de buenas noches. Todo el día en la cama, murmurando entre sueños, enganchada a los somníferos, contando los días y las horas que faltaban para que Julieta regresara o apareciera, volviendo atrás en el tiempo.

A menudo me imaginaba a Julieta comida por los peces y no podía soportarlo. Un grupo de águilas de mar, escórporas, peces gallo y besugos la devoraban y dejaban únicamente sus entrañas. Tan solo le quedaba un dedo, y el ojo izquierdo, y medio pómulo de la mejilla derecha, convertida en una bola de carne y restos de cartílagos.

Días más tarde, mi padre vino con la cabeza gacha y con su cuerpo de cristal chupado. Me miró con unos surcos profundos bajo los ojos y musitó:

—Siento mucho todo lo que está pasando, Greta. Tu madre está mal. Necesita marcharse durante un tiempo. Un tiempo para ella. Pero esto no es por tu culpa.

Aquella misma noche la abuela me abrazó fuerte, apretándome contra esos pechos blandos que Julieta y yo habíamos imaginado tantas veces magreados por Helga. «Vienen tiempos duros para la familia, bonita. Quizá sería buena idea que vinieses a pasar una temporada conmigo a Formentera. Tu madre volverá pronto... Algún día... Seguro que volverá algún día...» La abracé fuerte y me sumergí en aquella matriz que no era la de mi madre, sino la de mi abuela. Y lo hice sin derramar ni una sola lágrima, porque en ese momento todavía no podía llorar ni entender nada de lo que estaba ocurriendo a mi alrededor.

Mi madre había hecho la maleta y se había ido sin ni siquiera decirme adiós ni mirarme a los ojos.

La buscaba. Buscaba a mi madre entre los hilos de colores. Entre los capullos de libélula. Entre las raíces de los árboles que crecían imponentes en el jardín. La buscaba por las esquinas. A los pies de la cama. En las letras de las canciones de una noche de fiesta. En las palabras crípticas y enquistadas. En el mar y en las cuevas. En las noches funestas. La buscaba a todas horas. La buscaba.

Me dormí enseguida. En el mar había logrado ser yo, el agua había borrado mis pensamientos. Pero una vez en la cama habían regresado las pesadillas y había deseado no tener memoria. De repente me levanté porque sentí que alguien me llamaba. Abandoné la casa de la abuela y fui hasta la playa de Sa Roqueta, atraída por el canto de las sirenas. En la playa no había nadie. Tan solo la luz de una estrella y, en medio, una ballena jorobada. Me acerqué poco a poco y vi que todavía estaba viva.

¿Cómo había llegado hasta allí aquella ballena?

Y también:

¿Quizá estaba malherida?

Entonces vi que dentro de la boca de la ballena estaba Julieta, que no sé cómo cabía pero allí estaba. Y no solo había una Julieta. Cientos de Julietas centelleaban entre los dientes de la ballena y sostenían un pequeño coral con las dos manos mientras me miraban.

—¿Eres tú, Greta?

—Soy yo, sí.

—He venido aquí para reunirme contigo. Pasa, entra.

—No cabremos, entre tantas Julietas.

—Entra, aquí todo es oscuridad.

Entonces yo abría la boca de la ballena y me metía dentro como podía. Todo estaba oscuro y la boca se cerraba. Y Julieta y yo nos agarrábamos muy fuerte y, al cabo de un momento, su mano se fundía con la mía y yo me encontraba otra vez sola y perdida en la inmensidad de una cueva.

Después yo estaba fuera, otra vez en la calle, en pijama, frente a la casa de la abuela, con el cuerpo tembloroso. Entonces me iba a la cama, pero al entrar en la habitación los cristales se rompían y saltaban por los aires como si fueran confeti. El reloj retrocedía en el tiempo y de las pinturas de las paredes empezaban a caer goterones de tinta. La ballena jorobada vomitaba cientos de Julietas, que se deslizaban ante mí convertidas en lágrimas de tinta.

—Ven a rescatarme —me decía Julieta—. Vivo dentro de una ballena.

Entonces me despertaba envuelta en sudor y (por fin) volvía a ser yo.

Helena

Mamá nos ha hecho venir y yo ya me temo por qué. La mujer más carismática de la familia, la matriarca, la bruja sabia, la mujer que habla con los muertos, la que esconde los secretos, la que abraza a los niños pequeños y se los pone en su regazo, la mentirosa, la manipuladora, la que tiene más sentido del humor que nadie, la madre que esconde las cartas... Pero también: la madre que me salva y me protege, la que no me abandona, la que me cuida y me da consuelo, la que nunca ha dejado de quererme. Me pregunto cómo voy a reaccionar ahora que sé que me la jugó con algo tan importante. Esconder las cartas que le escribí a Greta durante años, no decir nada a nadie, mover los hilos de nuestra historia a su antojo tal y como ha hecho siempre. «Eres una vieja manipuladora», pienso. ¿Por qué nos ha hecho venir a Greta y a mí?

—Venid las dos aquí.

—¿Qué quieres, abuela?

—Greta, Helena. Siento mucho lo que ha pasado. Pero ahora que me queda poco tiempo no quiero que estéis enfadadas.

Por un instante, Greta y yo intercambiamos una mirada escurridiza. Hoy mi hija tiene mala cara. Me gustaría abrazarla, pero, como siempre, mi cuerpo se retrae.

—Mirad, a la residencia esa no pienso ir de ninguna manera.

—¿Cómo sabes lo de la residencia?

—No me tomes por tonta, Helena —dice mamá—. Ya puedes decirles que le den la plaza a otro. A la residencia no voy ni muerta.

No puedo creer que mamá haya adivinado mis intenciones. Parece que nos lea el pensamiento, que nos controle a todos como si fuéramos títeres. ¿Desde cuándo tiene esta conversación preparada? He llegado a preguntarme si provocó su caída para hacernos venir a las dos y obligarnos a que habláramos.

—Escuchad, voy a morirme pronto y lo pienso hacer cerca de vosotras.

—Pero, abuela...

—Y vosotras dos solo os tenéis la una a la otra. Así que os pido que dejéis de lado vuestra tozudez y hagáis un esfuerzo por entenderos un poco.

Greta y yo nos quedamos calladas. Ni una ni la otra nos decimos nada. Y no es porque no queramos acercarnos, sino porque todavía estamos dolidas y furiosas con mamá. Y quién sabe si con nosotras mismas.

—Me moriré aquí, en la playa, y querré que hagáis un par de cosas. La casa la vendéis, o hacéis con ella lo que os dé la gana. Solo quiero que cada una de vosotras se quede con al menos un par de cuadros de Helga.

—¿Por qué los cuadros de Helga, mamá?

—Eso es asunto mío. Tú, Helena, hazme caso y ya está. Y no me vengas con tus cabezonerías.

—Pero, mamá...

—Y entre vosotras... Sé que han pasado muchas cosas. Pero solo tenemos una vida, y no estamos aquí para perder el tiempo con gilipolleces.

En eso tiene razón. A menudo me he preguntado cómo he podido desperdiciar tanto esta vida, por qué no he sabido perdonarme. Entre nosotras se extiende un incómodo silencio. Mamá espera que digamos algo, pero no nos atrevemos a pronunciar ni una sola palabra.

—Mira que sois igualitas, ¿eh? —nos dice mamá negando con la cabeza.

—¿Quiénes, nosotras?

—Entre una que se fue y la otra que siempre que puede huye por patas... Clavaditas.

De repente, las luces de la casa se apagan y veo que mamá sonríe.

—¿Verdad que tengo razón, Julieta?

Greta y yo cruzamos una mirada inquieta, de complicidad. Mamá sigue a lo suyo, mirando al aire, como si tuviera a Julieta delante, siempre con esa obsesión suya de ver a los muertos y hablar con ellos, como si estuviesen aquí, como si fuera lo más normal del mundo. Los dos mundos de mamá.

—Díselo, Julieta, diles que más vale que dejen de marear la perdiz. Que entre una y otra me tienen frita.

—Estás chalada, abuela —oigo que le dice Greta.

Las luces se encienden y al cabo de un momento se vuelven a apagar. Entonces Greta y yo nos miramos y sin querer se nos escapa la risa. Mamá nos dice que no tiene ninguna gracia, que las únicas que no sabemos comunicarnos con los muertos somos nosotras y que ya va siendo hora de que hagamos las paces y nos comportemos como dos personas adultas.

—Mira quién habla, la que esconde las cartas.

—Lo hice porque tenía que hacerlo.

—Lo hiciste porque siempre haces lo que quieres —dice ahora Greta con una media sonrisa—. Haces siempre lo que te da la gana, abuela.

Greta tiene razón. Mamá es una vieja arpía que

está acostumbrada a hacer siempre lo que quiere y a salirse con la suya. Pero esta vez no podrá. O quizá sí. Por un instante le doy la razón a mi hija, y también lo hago con una sonrisa. Y sin querer intercambiamos una mirada de complicidad al ver a mamá con los ojos huidizos diciéndole palabras ininteligibles supuestamente a Julieta. Greta y yo nos echamos a reír. Primero discretamente, después casi no podemos aguantarnos. Eres una vieja arpía, me digo por dentro. Y me sumo a las palabras de Greta:

—Mamá, eres una manipuladora.

Matilde

Mi hija y mi nieta hacen que piense en Helga, ahora que han pasado tantos años. Sus muslos rosados, los pezones dorados, las palabras que me susurraba al oído y que nunca he compartido con nadie. «Déjate ir, Matilde. Deja que te pinte desnuda», me decía.

Mi marido, un verdadero santo, nunca supo nada, y eso que se habría muerto de la risa. Él siempre lejos de mí, con la barca arriba y abajo, las partidas de butifarra en el bar del pueblo, la imponderable distancia en la cama, aquella distancia eterna. «Tu mundo y el mío se parecen como un huevo a una castaña, Matilde», me decía a menudo el pobrecito antes de que se muriera. Si hubiera vivido en otra época, le habría propuesto irme con Helga o montar un trío amoroso de esos que casi siempre acaban como el rosario de la aurora. Pero no. Reconozco que soy una cobarde y que opté por convertir mi historia en el secreto mejor guardado del mundo. La fantasía. La fantasía de una vida libre con Helga.

Juntas vivimos nuestro primer amor. Y la muerte de mi marido. El terrible accidente de Julieta en el mar. Juntas fuimos a visitar a Helena, primero por todos los rincones del mundo y más tarde en aquel sanatorio de paredes encaladas y tristes.

«A menudo no os entiendo», me decía Helga.

«No entiendo a las mujeres de vuestra familia.»

El tiempo fue pasando, hasta que un día sintió la llamada salvaje de la tierra.

«Ven conmigo», me dijo ella con una deliciosa sonrisa en los labios.

Pero yo decidí que no, que mi sitio estaba en esta isla, cerca de donde estaba ingresada Helena, cerca de nuestra historia de amor, cerca de mi querida Julieta y del mar que me susurraba leyendas.

Aquella noche pintó un cielo azul con un único hilo de luna que caía perpendicular sobre el agua turquesa. Me dijo que me echaría de menos. Y que allí en su tierra, en Alemania, siempre añoraría los deliciosos cielos de Formentera.

«Me gusta el cielo, la mano enfocando el cielo, el cielo de primavera o de otoño, el cielo lleno de nubes de color pizarra. El cielo que se va, que se pierde o que se cierra, que nos recuerda y nos espera, el cielo recortando tus piernas, el cielo que te succiona. Los sueños del cielo que nunca terminan.

»Te añoro.

»Helga.»

Greta

Durante semanas, durante meses, mi padre y yo, en nuestro piso de Barcelona, aprendimos a vivir con la ausencia de mamá. El lugar adonde había ido era un secreto, más bien un misterio. Mi padre se dejó envolver por la tristeza, y se encerraba durante horas en su habitación oliendo las prendas que había cosido mi madre. Jerséis, faldas, sábanas, manteles.

De vez en cuando me llevaba a tomar un helado y después al cine, y luego volvíamos a casa sin decirnos nada durante todo el camino de regreso. Pero yo pensaba que aquello acabaría pronto, y que yo ya había cumplido mi castigo por no haber protegido a Julieta cuando era mi obligación. «Tú te la llevaste con la barca», me decía a mí misma cada noche antes de irme a dormir. «Fue idea tuya, fue culpa tuya.» Y entonces las pesadillas me asediaban, y deseaba que la abuela me viniese a buscar, y esperaba que llegara el verano o un fin de semana largo para irme con ella a Formentera.

Por la noche, a la hora de dormir, me incorporaba en la cama, cogía los rotuladores y empezaba a pintar mares de todos los colores posibles. Así como Helga pintaba cielos, yo pintaba mares que revivía en sueños. Mar azul, turquesa, de color esmeralda, violeta..., todos representaban mi mar de Formentera, símbolo del amor, y de la muerte, y también de una infancia perdida. Allí sola, encerrada en aquella habitación que ya no compartía con Julieta, intentaba aspirar los restos de sal marina que me transportaban hasta el mar de Formentera, situado a cientos de kilómetros de distancia, demasiado lejos de mí, demasiado lejos de Julieta y de mi madre. Soñaba que la ballena jorobada salía de aquellas hojas de papel cuadriculadas y llenas de borrones y, de un golpe de mar, me devolvía a Julieta y a mi madre. «Cuando no queden ni siquiera sus rostros, me mancharé los dedos de tinta para recuperarlas», me decía.

Una noche, mi padre entró en la habitación y me preguntó qué sentido tenían mis dibujos. Como siempre, no dije nada y esa noche dormimos juntos, abrazados bajo las mantas. *Mamá* era una palabra extraña. Una bisagra. Mi madre difuminada. Mi madre estatua. Mi madre convertida en vestigios. Mi madre adorada. Mi madre libre. Mi madre querida. Mi madre nada.

Más tarde, mi padre me regaló un cuaderno de hojas blancas y me dijo que podía escribir en él todas mis vivencias. «Escribir te vendrá bien», me dijo con un deje de tristeza en el rostro. «Creo que llevas demasiadas cosas dentro, Greta. ¿Por qué no hablas un poco, preciosa? Puedes decirme lo que se te pase por la cabeza. Nada ni nadie te juzgará. Solo tienes que hablar. Necesitamos que nos digas algo.» A partir de ese momento, bolígrafo en mano, algunas noches me dediqué a escribir sobre todos aquellos mares que no expresaba con palabras pero que dibujaba intuitivamente. Me inventaba relatos con finales inacabados en los que aparecían muchos de los personajes de las estrambóticas leyendas de la abuela. Sirenas, serpientes marinas, ballenas, las brujas maléficas. Escribía sin parar hasta que los ojos se me cerraban de sueño y conseguía finalmente dormirme.

Historias de marineros y náufragos.

Historias de hermanas que se querían mucho.

Historias de madres que partían sin maletas.

Historias y más historias que me han acompañado hasta hoy y que han hecho que me entendiera un poco más a mí misma.

Sin embargo, siempre eran historias inacabadas.

Helena

Estaba lejos, muy lejos, y al mismo tiempo quería acercarme. Navegando por el mundo buscaba una libertad, un consuelo, que solo encontré durante los primeros meses tras irme de casa. Lo había mandado todo a paseo. Mi matrimonio, mi familia, a mi hija Greta. No me perdonaba haberme preguntado si se trataba de Greta o de Julieta. No me perdonaba haber perdido a mi familia.

Si hubiese sido Ernest el que se hubiera ido, a nadie le habría llamado la atención. Pero era yo, la madre, la mujer, la que se marchaba. Y a una mujer nunca se le perdona algo así. Es demasiado grande, demasiado antinatural, demasiado indigno, como se suele decir.

Llamé unas cuantas veces a Ernest, que me pedía que volviera a casa. Lo pensé. Estuve dudando. Una vez fui a los alrededores de nuestra casa y los seguí a los dos con la mirada. Pero había algo que me impedía regresar, del mismo modo que ese algo me impide ahora volver a relacionarme con Greta. Hubiera querido decírselo. Hubiera querido hablar de ello. Tan solo conseguía (y consigo) hacer más grande la distancia.

Le escribía cartas que enviaba siempre a mamá y que, por lo que sé, Greta nunca llegó a leer. Mamá quería protegerla, según me ha dicho. Y en parte lo entiendo, pero me robó la relación con mi hija. En aquel momento, la única oportunidad que tenía de poder mostrarle una mínima dosis de afecto era a través de nuestra frágil comunicación por carta.

¿Volver?

Me resultaba imposible.

Únicamente me queda la agria realidad. Y Greta. Me pregunto si algún día será capaz de perdonarme.

Greta

Las palabras de la abuela me han removido por dentro y no sé dónde colocarlas. Hacer las paces con mamá, acercarnos. «Mira que sois igualitas, ¿eh?» Las cartas siguen dentro de la cómoda y no sé si puedo (o quiero) leerlas por miedo a las represalias.

Así que he salido de casa, he caminado un rato largo y he llegado hasta la barraca de pescadores, donde me he encontrado con Max, que estaba recogiendo todo tipo de objetos en la playa. Durante un instante, me pregunto qué misterio esconden esos objetos y si nos hablan de las historias que todos vamos dejando atrás. Me vienen de nuevo a la cabeza las cartas, cientos de cartas arrojadas al agua con la tinta diluyéndose entre las olas del mar y la espuma naranja. Quién sabe si Max las recogería después y reconstruiría una nueva historia. Historias que empiezan y se acaban. Objetos que mueren, que adquieren una nueva vida según quién los recoja y qué nuevo sentido les otorgue. ¿Sería posible repensar todas las cartas de mi madre? ¿Podría darles un nuevo significado, una vez que las haya leído? «Puedes reinterpretar el pasado de otra forma», me dijo la abuela con sus palabras sabias. «Le puedes dar un nuevo significado, otro punto de vista.»

—Me gusta que hayas venido —me dice ahora Max con la bolsa repleta de objetos que ha recogido en la arena.

—¿Te gustaría visitar una cueva?

Me mira con una sonrisa socarrona.

—¿Ahora?

—¿Has visitado alguna vez la Cova des Fum?

—¿La de los piratas?

—Me gustaría ir —insisto—. Venga, ven conmigo. Será una buena excursión. ¿No te apetece recorrer la isla?

Entonces le tiro del brazo y siento de nuevo el roce en la piel, su olor a tabaco y a sábanas de mediodía, esa sonrisa pícara que me provoca unos nervios en el estómago que intento evitar en todo momento.

Me subo a su moto y nos dirigimos hacia Sa Cala, una pequeña y recóndita cala rodeada de una hilera de pinos que se yerguen en dirección al mar y a las rocas. El agua es de un azul cobalto, y el sol, como un baño de oro, se esparce por el mar como una mancha de aceite. Sobre una roca crece una mata de hinojo marino desafiando las leyes salvajes de la naturaleza. «Sobre todo no arranquéis el hinojo marino», nos advertía siempre la abuela. Desde la cala seguimos caminando junto a la orilla y empezamos a subir por el acantilado, trepando y agarrándonos a las rocas afiladas y a las raíces de los árboles. Sin querer, viajo en el tiempo en un lento serpenteo y recuerdo este mismo trayecto pero en sentido opuesto, y quién sabe si en otra cueva. En aquella ocasión llegué casi a tientas, con la intención de esconderme, sintiéndome confundida por lo que había pasado y con la necesidad de recluirme para siempre dentro de una grieta. Una vez arriba, nos adentramos poco a poco en una gruta oscura y silenciosa. Varias galerías llenas de estalactitas y estalagmitas se van abriendo paso, indicándonos el camino a seguir, que acaba convirtiéndose en un largo y tenebroso viaje. Me imagino a los piratas viviendo aquí dentro y custodiando su tesoro de rubíes, diamantes y esmeraldas. Estaban durmiendo tranquilamente cuando, de pronto, prendieron fuego a la cueva y llegaron los vikingos del rey Sigurd dispuestos a matarlos de la forma más despiadada.

—¿Tú crees que esta historia ocurrió de verdad? —le pregunto a Max.

—Yo creo que sí. No es ninguna leyenda. Claro que nunca se sabe —dice en voz alta mientras parece perderse en pensamientos confusos—. No te quitas de la cabeza esa leyenda, ¿verdad?

—Julieta y yo fuimos a buscar el tesoro de los piratas...

—Y ahora necesitabas volver aquí, para cerrar tu historia.

—No quiero hablar de ese día, Max. Necesito olvidarlo.

Desde aquí arriba, un acantilado de cien metros de altura, hay unas vistas preciosas del mar y las rocas.

Me agarra la mano y siento que todos los pelos del cuerpo se me erizan. Me muerdo el labio inferior e intento no mirarlo a los ojos ni emitir ningún sonido que me delate. Me viene a la cabeza Paul. «¿Y si voy contigo a Formentera, Greta?» Intento borrar su imagen, pero aún quedan recuerdos que flotan en el aire como burbujas y que se interponen entre Max y yo, entre este viejo amigo y yo, como si fueran frecuencias y recortes de sueños. Mis dedos se han convertido en ramas.

—Estás temblando, Greta.

—Quédate. Quédate conmigo. No sabes cómo me estás ayudando estos días.

Entonces me fijo en sus labios rojos y me imagino besándolo intensamente mientras miro un segundo a mi alrededor para cerciorarme de que estamos a salvo de la mirada de los turistas. Pero la realidad es que todavía lo tengo delante de mí, a una distancia plausible, y yo no sé lo que quiero ni por qué no puedo dejar de acercarme a él. Mis deseos me resultan un misterio.

Me lo quedo mirando atentamente y doy un paso atrás.

—Me gusta muchísimo haberte reencontrado —le digo con una sonrisa—. Pero hay alguien que me espera.

Se me queda mirando con el rostro lleno de incertidumbre.

—A mí también.

Me siento contrariada por su comentario.

—Mi pareja vendrá dentro de unos días —añade—, siento no habértelo contado hasta ahora.

—Paul me está esperando en Londres —contesto yo—. Bueno, no sé si me está esperando o no. Últimamente mi vida es algo complicada.

Los dos nos miramos desconcertados y, sin querer, se nos escapa una sonrisa.

—No quiero hacerte daño. Precisamente a ti, no —le digo en un acto de ternura.

—Yo tampoco a ti, Greta. Pero cuando estoy a tu lado parece como si de repente fuese capaz de mirarme en tus ojos y reencontrarme.

Entonces nos abrazamos con fuerza como si fuéramos dos almas gemelas que en algún momento han jugado a encontrarse. Contemplo la cueva que el rey Sigurd atacó provocando un gran incendio y obligando a salir a los piratas. Y ahora estoy aquí, en una cueva parecida a la que utilicé para esconderme de pequeña mientras jugaba a contar las horas y deseaba que Julieta no se hubiera ahogado en el mar. Cogí un tronco y me puse a dibujar números sobre el suelo polvoriento. Dibujaba un uno, un dos, un tres, hasta el número siete; los años de Julieta. Entonces lo borraba todo y volvía a empezar con el pulso tembloroso y el anhelo de que el tiempo retrocediese.

¿Por qué estoy aquí?, me pregunto.

Y también:

¿Cuál es el tesoro que he estado buscando hasta ahora?

Mi madre se había ido y había dejado un rastro de silencio.

Ni una triste nota. Ningún mensaje sobre dónde había ido, ningún porqué, ningún tipo de esperanza.

Durante días, semanas, meses, mi padre y yo llevamos una vida normal; confiábamos en que en algún momento apareciera de nuevo. Preparábamos el desayuno, me acompañaba a la escuela, después me ayudaba con los deberes, me contaba cualquier cosa antes de ir a dormir para que me calmara.

—Quiero que hagas como la abuela —le dije yo—. Ella me cuenta leyendas de piratas.

Estas fueron las primeras palabras que pronuncié tras meses recluida en un silencio absoluto.

«¡Por fin has hablado, Greta!» Mi padre me abrazó muy fuerte y me prometió que nunca se separaría de mi lado, aunque yo no quisiera hablar de lo ocurrido aquella tarde. «Tú estate tranquila, Greta. Me puedes contar todo lo que quieras. Solo lo que tú quieras. Te quiero, hija.»

Pero a pesar del amor incondicional de mi padre, las pesadillas me asediaban noche tras noche y yo no me atrevía a pedir ayuda. Hundía la cabeza en la almohada, me tapaba por completo con las mantas e intentaba contar hasta cien deseando dormirme. Sin embargo, entonces regresaban como un banco de peces los mordiscos de ballena con los hilos de coser de mamá. Y un cuerpo flotante, violáceo, lleno de hojas salvajes de posidonia que rodeaban violentamente mis piernas y mis brazos.

Mi padre cuidó de mí y entre ambos construimos un mundo hecho a nuestra medida. Los desayunos, el trayecto a la escuela, las tardes haciendo deberes, las conversaciones antes de dormir. De vez en cuando se encerraba en la habitación y después salía con los ojos enrojecidos y llenos de chiribitas. Pero enseguida recuperaba la entereza y me miraba con una sonrisa y los ojos llenos de amor. «¿Qué hacemos, Greta? ¿Salimos a pasear? ¿Quieres que vayamos al cine?»

A pesar de los silencios, a pesar del tiempo fragmentado y de espera, mi padre hizo un sobreesfuerzo durante todos aquellos años para quedarse a mi lado y curarme. Y yo no sabía a ciencia cierta si mantenía el contacto con mamá.

Hasta que se lo pregunté al cabo de unos años.

Estábamos en Berlín, en un restaurante, y quise saber si la había visto.

«Para mí tu madre es un recuerdo —me dijo—. Hace demasiado que cerré esa etapa.»

Entonces le di las gracias por haber permanecido durante todo aquel tiempo a mi lado, y él me apretó la mano con fuerza: «Lo único que quiero es que seas feliz, Greta. Allá donde vayas, piensa que de alguna manera yo estaré a tu lado. Puedes contar conmigo para siempre». Y de repente se calló, y yo diría que por un instante pensó en mi madre, aunque silenció el nombre de Helena, que era como un puñetazo en el estómago, y me estrechó muy fuerte entre sus brazos.

Helena

Llegó antes el olor de Greta que ella. Canela y naranja. La olía en las calles, en las plazas, en los moteles o en los apartamentos donde me alojaba. La olía y la añoraba. Más de una vez me acerqué a una cabina de teléfono y decidí llamar a mamá. «¿Cómo estás?» Unos segundos de silencio y me preguntaba: «¿Volverás?». Entonces yo me quedaba callada y pensaba que volver era adentrarme en una nube de recuerdos afilados. El mar, el grito tenebroso, los peces hambrientos royendo carne humana, la desaparición de Julieta. La pregunta que me torturaba día y noche: ¿Greta o Julieta?

Viví en diferentes lugares, a ratos acompañada, sin llegar a formar nunca parte de nadie. Yo sola, con los hilos de colores y la máquina de coser, deambulando por el mundo, sin Ernest ni Greta.

Acariciaba los hilos con los que había tejido un jersey para Julieta y me imaginaba que se desplegaban como las velas de un pequeño barco. Y yo atrapaba aquellos hilos imaginarios como copos de nieve y los engullía a bocados, y cosía lejos de todo y de nada, lejos de Greta y del mar, lejos de Julieta, lejos de todo aquello que tanto añoraba. Y cuanto más me alejaba más los echaba de menos, pero me resultaba imposible hacer el menor gesto para acercarme a ellos.

Una pregunta me asediaba:

¿Por qué los has abandonado?

Y también:

¿Por qué has abandonado a Greta?

Había mujeres, algunas, que habían abandonado a su familia por convicción. Había otras que lo habían hecho para poder sacar adelante una carrera artística. A todas ellas las admiraba y pensaba que entendía plenamente sus motivos. Una mujer no es solo una madre, o una esposa, me decía para consolarme, una mujer es un ser complejo en un profundo estado de cambio que puede transitar entre distintos mundos; puede ser un ser libre. Pero ninguna de esas mujeres en las que yo me reflejaba se parecía en nada a mí. Yo me había ido solo por miedo, porque era incapaz de mirar a Greta a los ojos y decirle te quiero, porque me dolía ver a Ernest consumiéndose día tras día a mi lado mientras yo me hundía entre las aguas. Porque por mucho que lo intentara, por mucho que quisiera esforzarme en respirar y salir del agua, un ancla me arrastraba mar adentro hacia un territorio inhóspito..., el territorio de la ausencia. Me herían los olores, las risas, los retazos de luna, las madres paseando y conversando con sus hijas por las calles, las tardes de verano, el olor a pescado fresco, el mar y las algas.

Dormí tierra adentro.

En la cubierta de algunos barcos.

En un banco de una estación de tren.

Escribí cientos de cartas.

Fui una nueva Helena hasta que un día me localizaron para decirme que Ernest había tenido una angina de pecho. Así, de repente, de un día para otro. «Tu marido ha estado a punto de morir.» Entonces me acerqué a una cabina de teléfono y, con las manos temblorosas, marqué un número.

—Hola, Ernest, ¿cómo estás? ¿Cómo está Greta?

Cuando más tarde quise hablar, me trasladaron a una habitación blanca que daba a un inmenso jardín donde a ratos salía a pasear. Me entretenía observando las hortensias y los pequeños insectos que se comían las hojas y hacían madrigueras entre los pistilos. Pensaba en Greta. Entraba y salía cada día y recibía visitas de mamá, que de vez en cuando aparecía con un pastel de moras y me abrazaba fuerte contra su pecho. Pesadillas. Muchas pesadillas. A Greta no le diremos nada. No estás bien, Helena. Y finalmente la visita de Ernest, un solo día, cuando él ya se había recuperado: «No te acerques más. Déjanos en paz a Greta y a mí».

Matilde

Estamos en el garaje y llueve. Fuera oímos el rumor de la lluvia, un trueno a lo lejos, el mar agitado que imagino removiéndose y rompiendo contra las rocas.

Greta, agobiada como ella sola, coge un destornillador e intenta arreglar el timón de la barca, que todavía baila de un lado a otro. Pero, más que arreglarlo, diría que aún lo estropea más. Esta nieta mía es una torpe. No sé dónde iremos a parar. Y yo tengo prisa por irme de aquí porque cada día me encuentro peor y a la residencia esa de los cojones no pienso ir de ninguna manera. ¿Qué se han creído estas dos, que puedo esperar todo el tiempo del mundo?

Greta se agacha y, con el destornillador en la mano, se queda mirando al infinito durante un buen rato. Me parece detectar un deje de tristeza en su rostro, como si estar en la isla la hubiera removido de arriba abajo. Pero me pregunto si se trata de la isla o de la presencia de su madre. O peor aún: el pasado, que se abalanza sobre ella y le reclama respuestas desesperadamente. Mira que llega a ser inmadura esta niña mía. ¡Y tozuda!

En el cielo se desata un trueno como si fuera un mal presagio.

—¿Te crees que no sé de sobra que te pasa algo, guapa? —me atrevo a decirle finalmente.

—¿Qué me pasa, abuela?

—Se ve a la legua que con ese Paul la cosa no va bien...

—¿Qué dices?

—Venga, sé sincera, ¿qué te ha pasado? Puedes contárselo a tu abuela, que su cabeza todavía carbura, aunque no te lo parezca.

Greta se queda unos segundos pensando y parece que por fin me quiere decir algo. Cómo le cuesta comunicarse a esta nieta mía, ni siquiera sabe encontrar las palabras adecuadas para expresar sus pensamientos. Tose, echa la cabeza ligeramente hacia atrás, se mete las manos en los bolsillos como siempre que no sabe qué decir y toda ella se empequeñece. Me parece que tendré que ayudarla a encontrar las palabras adecuadas en medio de tanta confusión.

—¿Quieres que juguemos al juego de los pensamientos, Greta? ¿Cómo era lo de... *gian*? ¿*Puahux*? ¿Salimos a ver el árbol?

—Para, abuela.

—¿Entonces qué? ¿Me lo piensas decir o prefieres que lo adivine? Tú no has venido solo a cuidar de mí. Tú has venido aquí porque estás huyendo de algo.

De pronto veo que sus ojos se le empañan y se llenan de pequeños destellos.

—No huyo de nadie —me dice mirándome directamente a los ojos.

—Claro que sí, querida.

—Paul y yo estamos pasando por un momento un poco difícil.

—Un momento difícil...

—Quiero decir que... —Tose y ahora fija la mirada en las sandalias—. Quiero decir que Paul... A él le gustaría dar un paso adelante, me ha pedido tener hijos... Y a mí...

—Y a ti te ha dado tanto miedo que has echado a correr.

—No, no es eso, abuela.

—¿Pues qué es?

—No lo sé. No sé si lo quiero lo suficiente. O si estoy preparada para vivir la vida que quiere vivir. Tener una familia...

—Los hijos hacen sufrir lo que no está escrito, pero también pueden ser maravillosos.

—Ya lo sé, abuela. Pero Paul y yo... No sé si es la persona indicada. O no sé si lo merezco.

—Tú te lo mereces todo y más, preciosa.

—Y encima está lo de Max.

—¿Max? ¿Qué Max?

—El hijo del farero de la Mola. Últimamente me lo he encontrado por aquí y hemos compartido algunas cosas.

—Ay, coño, que por ahí no vamos nada bien.

—Ya lo sé, abuela. Ya sé que no es buena idea. Pero es que con él he sentido ciertas cosas. Y a Paul lo dejé antes de venir. Bueno, la verdad es que no sé si lo dejé del todo. Estoy hecha un lío.

—¿Ves como eres clavadita a tu madre?

—¿Qué dices?

—Lo que oyes, cielo. Que haces todo lo contrario de lo que te dicta el corazón. ¡No haces más que cagarla! ¿Quieres hacer el favor de ser más práctica?

Greta me mira con el destornillador en la mano y se queda pensando en mis palabras. Se vuelve para seguir arreglando la barca, dando un martillazo, y yo siento que tengo prisa por irme pronto de este mundo tan desordenado y caótico. «Vieja estúpida», me digo una y otra vez. «Eres una vieja estúpida que no escuchas, que vas a la tuya, que no sabes cómo ayudar a tu hija y mucho menos a tu nieta.»

—¿Y qué piensas hacer con ese Paul?

—Pues no sé.

—A ti lo que te pasa es que has salido huyendo a toda mecha. Y sabes perfectamente de qué y de quién estás huyendo.

—¿De quién estoy huyendo, abuela?

—Ya lo sabes, puñetera, lo sabes muy bien. Entierra el pasado, Greta. ¡Claro que lo mereces!

Greta

Entro en la habitación y todavía noto el olor a vainilla de Julieta. No sé si la abuela se ha trastornado o no, pero la veo por aquí, la siento cerca de mí, puedo oír sus pasos de chica mayor, como si estuviera viva y hubiera crecido desde hace tiempo entre nosotros.

Clavo la vista en la pared pintada y veo todos los seres fantásticos que el paso del tiempo y las inclemencias han vuelto amarillentos. Me pregunto por qué Julieta pintó una ballena que, según decía, se la acabaría tragando, como si todo aquello formara parte de un destino ineludible. La posidonia, la bruja de los mares, los piratas de la Cova des Fum..., todo forma parte de mi memoria.

En la cómoda encuentro unas fotografías que parecen envueltas en un velo de niebla y tristeza. Julieta y yo el día que fuimos a celebrar la fiesta del agua. Julieta, Max y yo corriendo divertidos por la playa. Julieta y yo con un cubo de peces y mirando a la cámara. Al lado, un mapa del tesoro lleno de polvo en el que se ve un punto marcado con rotulador rojo donde se supone que se esconde el tesoro del rey Sigurd. Al lado, un fajo de cartas que me envió mi madre y que ahora sostengo con cuidado y manos temblorosas. Con un nudo en la garganta, cojo unas cuantas al azar.

«Querida Greta. Lo que hice años atrás seguramente es imperdonable. Sé que te lo he contado otras veces, pero me gustaría hacerlo de nuevo. Tras el accidente de Julieta, mi mundo se vino abajo. Sé que tú no tuviste la culpa, pero en ese momento yo eso no podía verlo. Me costaba vivir contigo, mirarte a los ojos, abrazarte.»

«Tú no tuviste la culpa, Greta. No sé lo que pasó, pero seguramente fue un golpe de mala suerte. Me resistí a aceptarlo porque en el fondo necesitaba una culpable.»

«Cuando eras pequeña —lo reconozco— yo no te entendía. No acababa de entender tus salidas de tono, tus celos intrínsecos hacia Julieta, tus miradas insidiosas, que todavía llevo pegadas a los pliegues de mi piel. Me ha costado mucho darme cuenta —y perdona si lo he hecho tal mal y tan tarde— de que todo aquello lo provocaba yo con mi estrecha relación con Julieta. Tú me molestabas, y por descontado te diste cuenta de ello. Te pido perdón, siento no haberlo hecho mejor. Puedo asegurarte, aunque te cueste creerlo, que yo te quería.»

«A menudo me pregunto si podría volver, pero hay algo que me lo impide, hija. Lo siento pero no volveré. Por mucho que te cueste entenderlo, soy más feliz sin ti y sin Ernest a mi lado. Me siento un poco más libre. Sé que esto es muy difícil de entender, Greta. Te quiero, pero no volveré. No puedo volver. Eso no me lo pidas, cielo.»

«¿Has paseado de nuevo junto al mar? Yo no puedo, Greta. Desde ese día lo he evitado. Odio el olor a pescado, la arena que se te pega a las piernas, las algas putrefactas que se cuelan entre los dedos de los pies. Siempre he evitado el mar y me he ido tierra adentro para olvidarlo, Greta. Para dejarlo atrás. Pero a ti te quiero y no puedo ni quiero olvidarte. Deseo verte pronto. Escríbeme, cielo. He pensado que quizá podríamos vernos algún día. Tenemos tantas cosas que contarnos...

»Helena.»

Termino de leer con los ojos vidriosos y un nudo en la garganta que no me deja respirar tranquila. Salgo de casa de la abuela y echo a andar a paso ligero para que las palabras de mamá, que me pican y me escuecen, queden atrás. A pesar de todo, me quiere. Llego hasta la cala donde la abuela se bañó desnuda y me siento en la arena con la respiración entrecortada. Quisiera fundirme. Siento como si hubiera pasado toda mi vida persiguiendo estas palabras: un «te quiero, hija», a la espera de una caricia, un «¿hablamos pronto, Greta?», que nunca llegaba. Entonces contemplo el mar, con la mirada fija en la lejanía, y me parece ver una cola de sirena que sobresale entre las olas. «Yo hablo con el mar. Si lo miras fijamente puedes ver todo tipo de criaturas extrañas», me dice siempre la abuela. La tierra se vuelve del color del vino y una gaviota atraviesa una nube nacarada y se va volando hasta una roca. De repente, los verdes y los azules turquesa del mar se esfuman y un tejado de colores mágicos se instala sobre mi cabeza y derrama lágrimas y más lágrimas de tinta. Más allá, un barco capitaneado por el rey Sigurd y lleno de vikingos se alza imponente en busca de un tesoro imposible. Me asusto y doy un paso atrás mientras me pregunto por qué he vuelto a esta isla.

Bajo el agua me parece ver una ballena, que ahora me mira fijamente —¡a mí, solo a mí!— y sale del mar para venir a mi encuentro. Abre la boca y puedo ver a Julieta, su cuerpo muerto, que reposa entre los dientes de la bestia. Echo a correr con todas las fuerzas, dejando atrás un mundo de fantasía que hace tiempo que me persigue en sueños. «Corre, Greta», me digo. Y también: «Gírate, no es demasiado tarde, solo hace falta que los mires».

Detrás de mí, el mar suelta un gemido profundo y la tierra se eleva. Me doy la vuelta y veo que la bestia escupe a Julieta cerca de la playa, el rostro cadavérico, mientras yo caigo abrazada a la arena.

Matilde

Me he levantado temprano y he hecho venir a Greta, que ahora deambula nerviosa por el salón, yendo de un lado para otro. Le digo que me subiré a la barca, que lo tengo todo preparado. Me mira con cara atónita. «Ahora, ¿abuela?». «Ahora, Greta», le contesto. Y le doy un consejo: tú que puedes, vuelve. Vuelve al lado de Paul. Aquí las mujeres estamos malditas. Vuelve con él y cuéntaselo todo, y déjate querer, y líbrate de lo que querías librarte hace tantos años. Tú no tienes la culpa, preciosa.

Greta me abraza y me hace cosquillas en la oreja con su aliento caliente.

—No quiero que te vayas, abuela.

—Tengo que irme. Siento que ha llegado el momento.

—Pero yo te quiero.

—Y yo, mocosa. Te quiero más de lo que he querido nunca a nadie.

Entonces observo sus ojos llenos de chiribitas y pienso que tengo ante mí a la criatura más bonita y desamparada que he conocido en este mundo.

—No tuviste ninguna culpa, ¿lo sabes, verdad?

—Tú no sabes nada, abuela.

—Más de lo que imaginas. De hecho, no hace falta que me cuentes nada porque siempre lo he sabido todo.

—¿Qué es lo que has sabido?

—Eras solo una niña. Una niña resentida y celosa, es cierto. Pero, a fin de cuentas, tan solo una niña. ¡Y me da igual qué coño hicieras! ¡No hace falta que nadie me diga cómo es mi Greta! ¡Lo sé perfectamente! ¡Y sé que eres una buena persona!

La miro con los ojos empañados y con las pocas fuerzas que me quedan para aguantarme de pie en este circo que es el mundo. Y de repente veo que se rompe como si todavía fuera una niña indefensa. Tiene los ojos hinchados, los pómulos sonrojados, y las palabras se le atragantan.

—No puedo soportarlo, abuela.

—Tranquila, Greta.

—Y ahora he leído las cartas de mi madre.

—Siento habértelas escondido, cielo.

—No sé lo que me está pasando, abuela. Desde que he llegado a Formentera... ¿Debería perdonar a mi madre?

—Te lo dije desde el primer momento. No has

vuelto por mí, sino por ti misma. Para entenderte, y para perdonarte. Y ya ha llegado el momento de que te perdones, Greta. Tú eres una chica preciosa. Y tu madre está de tu lado.

Me abraza y se me queda mirando con unos ojos llenos de pesar.

—Pero ahora ha llegado nuestra hora —le digo—. Para ti la de marcharte y para mí la de zarpar con esta puñetera barca.

—No, abuela. No quiero que te vayas.

—Ya te dije que lo tenía todo preparado. Y ahora ha llegado el momento. Venga, carajo, ayúdame a llevar esta maldita barca a la playa.

Greta

Empujo la barca y ayudo a la abuela a meterse dentro. Antes me mira y me habla de una leyenda que todavía no me ha contado nunca, y añade: «No te preocupes, Greta, no te preocupes que allá donde vaya estaré bien».

—¿Qué dice la leyenda, abuela?

—Una bruja salió del fondo del mar y quiso llegar a Formentera. Quería comerse la isla entera. Los pueblos, las casas, los árboles, los habitantes, no quería dejar ni un alma, estaba hambrienta. Aquella noche se desató una gran tormenta y se la llevó mar adentro.

—¿A quién? ¿A la bruja?

—No. A la isla de Formentera. La tormenta se llevó la isla mar adentro. Dicen que la desplazó varios kilómetros de distancia, en dirección a Grecia. Cuando la bruja levantó la cabeza y vio que la isla no estaba, se volvió loca. Provocó una gran tormenta e hizo que el cielo tronase. Pero entonces los habitantes de la isla se despertaron. Y pudieron unirse todos para enfrentarse a la bruja, que volaba enfurecida hacia ellos con alas de fuego.

—¿La derrotaron?

—Primero pidieron ayuda a los peces, a las ballenas, a las orcas y a los delfines. Y les dijeron: Tenemos que derrotar a la bruja si no queremos que acabe con nuestra isla y con nuestros mares.

Mi abuela se detiene un momento y se me queda mirando fijamente.

—¿Cuál quieres que sea el final de esta historia, Greta? Por favor, continúala tú...

—No lo sé, abuela. ¿La bruja los derrotó?

—¿Estás segura de que quieres que termine así?

—Quizá no. Quizá las ballenas y las orcas y la posidonia que salió del fondo del mar consiguieron tenderle una trampa.

—Muy bien, chata, ahora sí me gusta esta historia.

—Y acabaron con la bruja para siempre. La pusieron entre rejas. Pero el poder de las brujas del mar nunca muere del todo.

—Puede que sí y puede que no. En cualquier caso, los habitantes del mar se defendieron. Y ahora la ven salir y asomar la cabeza por detrás del faro de Barbaria.

—¿A la bruja?

—Sí. Pero como tiene las manos y las piernas atrapadas por la posidonia, por mucho que quiera no se puede liberar.

—Me gustan mucho tus leyendas, abuela. Me parece que voy a incluir alguna en mi guion.

—A ver si acabas ese guion de una puñetera vez, cariño. Ya está bien de dejar las cosas siempre a medias. ¡Que te estás haciendo mayor, puñetera!

Le acaricio la mejilla y estrecho fuertemente su cuerpo contra el mío. No quiero que te vayas, abuela. No quiero que se vaya la única persona de este mundo que ha conseguido quererme. Aquí, durante todo este tiempo, he intentado aferrarme a algún signo exterior que hiciera que me sintiese en casa, y a pesar de haber conectado un poco con mi madre, a pesar de haber conectado con la isla, tú eres la única que me has hecho sentir realmente parte de ese mundo. Como si se tratara de un muestrario, se despliega ante mí un abanico de recuerdos nítidos. Y entonces me acuerdo de aquel día en que me escapé de casa y tú me abrazaste muy fuerte, y fabricamos entre las dos una posidonia formada de telas y cortinas de casa, o los días que me contabas leyendas sentada en la falda y yo nunca tenía suficiente. Por mucho que te hayas equivocado, por mucho que hayas tomado decisiones erróneas, tú eres la persona que más me ha querido en la vida. Gracias por cuidarme.

Me mira con los ojos vidriosos y se despide de mí con una sonrisa plácida.

—Sé que traer un hijo a este mundo te provoca tanto miedo como a mí.

—¿Cómo lo sabes, abuela?

—¡Ay, cielo, las abuelas sabemos muchas cosas! Y tú ya sabes que soy un poco bruja, una mujer mayor.

—No creo que yo deba traer ningún hijo al mundo.

—Piénsalo bien. Hagas lo que hagas estará bien. Piensa también que tú puedes cambiar el curso de las historias. De eso estoy segura.

Me acaricia una mejilla y se gira para subir con dificultad a la barca. Primero una pierna, después la otra. «Cuidado, abuela, cuidado, no te hagas daño. Sobre todo intenta no caerte.»

Empujo la barca hasta el mar y la ayudo a desplazarse empleando todas mis fuerzas. Veo cómo avanza poco a poco y se aleja mar adentro. Y sin querer me vienen a la cabeza sus palabras: «El mar nos reconforta, nos da calma, nos hace sentir seguros. Pero también nos trastorna, nos pone en alerta, nos provoca las peores pesadillas».

Adiós, abuela.

Helena

Llego a casa de mamá y me sorprende encontrármela vacía. La busco por todas partes y la llamo, a ella y a Greta, sin obtener ningún tipo de respuesta. Me preocupa que mamá haya salido con su estado de salud, tan delicado. Decido llamar a Greta, pero nadie contesta el teléfono. Entonces oigo el chirrido de la puerta y a continuación veo que llega Greta con los ojos tristes como dos lagunas y el rostro desencajado y pálido. Sola. Le pregunto alarmada: «¿Y mamá?».

Se me acerca despacio y me dice que se ha ido.

—Y ha dejado esta carta para ti. Tienes que dejar que se vaya, Helena.

Leo con inquietud la carta, una carta breve con tan solo dos frases. Me siento en una silla con el rostro impávido. Me llevo las manos a la barriga. La barriga, que siempre se me revuelve cuando me asaltan o se me comen los problemas.

—Debemos respetar su voluntad —me dice ahora Greta—. Hace tiempo que lo estaba pidiendo, hace tiempo que lo deseaba.

Una lágrima se me desliza por la mejilla y me levanto de nuevo y voy hasta la ventana de la habitación de mamá. Me pregunto por qué se ha ido, por qué no ha querido despedirse de mí, por qué no me ha confesado sus intenciones secretas, que tan solo ha compartido con Greta. Tal vez sabía que habría intentado detenerla, que siempre me cuesta aceptar la realidad, sea cual sea. Pero ahora trago saliva y me enfrento como buenamente puedo a sus palabras: «Déjame marchar, Helena».

Contemplo el mar a lo lejos y me parece ver un punto insignificante yéndose mar adentro, aunque no debe de ser la barca de mamá. Por primera vez, Greta y yo estamos solas, una frente a la otra, sin la interposición de mamá. Solo Greta y yo, en nuestra isla particular.

Permanecemos un rato en silencio, y yo sé que no puedo hacer nada por retenerla a mi lado, como debería haber hecho tantos años atrás. Los perdones, las excusas, el tiempo que pasa y el deseo de reencontrarnos algún día para reescribir nuestra historia. Su deseo, el de mamá, ha sido reunirnos aquí para decirnos adiós y conseguir que hablásemos entre nosotras. Y yo he vuelto para cuidarla, ahora que mi vida está lejos y hace mucho que no quería —¿o tal vez temía?— volver a pisar estas tierras. Pero mamá, tozuda como ella sola, tozuda como una mula, ha hecho que nos encontráramos aquí, el lugar donde tarde o temprano teníamos que dar por terminado y romper nuestro pacto de silencio.

Miro a mi hija y veo que sus ojos se vuelven de arena:

—Lo siento mucho, Greta.

Se queda callada un instante.

—No es tan fácil, Helena.

—Ya lo sé, cielo. No sé por qué te lo he dicho. Perdóname.

Greta contempla la barca, que se va convirtiendo en un punto negro en medio del mar. Permanecemos en silencio una junto a la otra evitando cualquier pequeño gesto que pueda delatarnos.

—¿Qué has hecho durante todos estos años? —me pregunta.

—He ido de aquí para allá...

—¿Has sido feliz?

—No lo sé. Es una pregunta difícil de responder. Pero algún día me gustaría hablarte de ello.

—Eso espero.

—Lo siento mucho si no sé cómo acercarme a ti, Greta.

—Yo también, Helena.

Asiente con la cabeza y mira de nuevo el mar,

que ahora empieza a agitarse. Yo hago lo mismo. La barca de mamá, esté donde esté, debe de ser un punto minúsculo en la inmensidad azul. Un pájaro, con el plumaje azul y el pico blanco como la harina, sobrevuela el mar y desaparece detrás de una nube delgada como una almendra. Me pregunto si volverá, si ya nos hemos dicho todo lo que teníamos que decirnos, si al menos en la parte final he estado un poco más a la altura de las circunstancias. Pero Greta sigue a mi lado, la hija a la que abandoné voluntariamente y a la que durante todos estos días he intentado evitar con la mirada.

—No quiero que te pase como a mí, Greta.

—¿El qué?

—Que la tristeza de la isla te arrastre con ella.

—Me iré hoy mismo.

—Si algún día quieres venir a mi casa en Barcelona... Si algún día quieres que hablemos...

—Me vuelvo a Londres —me contesta. Y añade—: En cualquier caso, ya hablaremos más adelante. Quizá más adelante, Helena.

Me mira con ojos inquietos y dibuja una sonrisa breve como el vuelo de una mariposa. Ahora mi hija me parece tan hermosa, con esos ojos expresivos de color chocolate. Durante meses, años, encerrada entre aquellas cuatro paredes blancas, deseaba acercarme a ella y no encontraba los motivos para ser perdonada.

Entonces veo cómo el cielo y las nubes se quiebran. Mamá me ha dejado una nota diciéndome que nos quiere y que sobre todo no la busquemos. «Os quiero, Helena. Cuidaos la una a la otra.» Greta y yo nos miramos en silencio, un silencio que rehúye las palabras.

Le dejo leer la nota.

Entonces nos miramos y nos abrazamos. Un instante.

—Adiós, mamá.

—Adiós, Greta.

«Cuidaos la una a la otra.»

Matilde

Remo como puedo con todas mis fuerzas. La barca avanza lentamente y se vence hacia un lado y otro, guiada por el oleaje de alta mar. Desde aquí no se ve ni rastro de tierra ni una pizca de cielo. Todo es agua, azul y turquesa, el agua que me ha acompañado a través de sueños y recuerdos rasgados. Aquí dentro, bajo esta sábana azul que hoy parece que hayan planchado especialmente para mí, se esconden sirenas, pescadores muertos, aventureros que buscan tesoros imposibles de piratas fallecidos hace mucho tiempo. Un mundo que se mueve y avanza a un ritmo sincopado me salpica el rostro provocándome una tibia sonrisa de felicidad. Abro la boca como un pez para dejar que entre un hilo de aire, pero cada vez me cuesta más respirar. Y cuando siento que ya no puedo más, me levanto con las pocas fuerzas que me quedan y lanzo un grito apagado. Los verdes y los azules del mar se funden y un viento aparecido de la nada empieza a hacer que las olas se envalentonen. El aire me echa hacia delante y mi cuerpo cae al agua como un peso muerto. Entonces siento que me nacen escamas en el pecho y que las costillas se convierten en espinas. De las caderas, a uno y otro lado, me nace un áspero tejido membranoso que se transforma en una cola larga y llena de escamas. El agua me succiona como un remolino y yo me voy nadando mar adentro, convertida en una sirena.

Entonces, como si siempre lo hubiera esperado, como si siempre hubiera sabido que acabaría llegando este momento, veo a una sirena que viene nadando hacia mí desde las remotas profundidades del mar. La niña del pelo azul. Me tiende una mano fina y me sonríe. El rostro lleno de pecas, el cuerpo esbelto, la melena azulada llena de algas y de minúsculos trocitos de cristal. «Julieta», le digo. Le doy la mano y las dos nos dirigimos mar adentro, hacia las cuevas marinas, entre la posidonia y las olas de luz y de noche. Dos sirenas nadando libres en mar abierto.

Greta

Sacudida por la muerte de la abuela y las palabras de mi madre, me subo a la moto y me dirijo a Cala Saona. Aparco frente a la playa, que hoy tiene tonos esmeralda. Tanta luz y tanta paz. Contemplo un reflejo oscuro que atraviesa el mar, una franja de verde con olas doradas, el lugar donde me bañé con Max, y voy hacia la casita de pescadores donde estuvimos charlando el otro día. Empujo la puerta con las palmas de las manos llenas de sudor y las ansias de encontrar respuestas. Max no está. Pero le veo venir caminando por la playa.

—Greta, ¿qué haces aquí?

—¿Podrías llevarme con la barca? —le pregunto con urgencia.

Las palabras de mi madre han sido un revulsivo. Evitar el mar, odiar el mar. Me doy cuenta de que para romper mi relato quizá tenga que volver al punto de partida. Max me mira sorprendido, aunque enseguida entiende que he venido a pedirle ayuda.

—¿Podemos ir ahora?

—¿A dónde?

—A la cueva marina.

Max y yo subimos a la barca y nos adentramos en el mar, desde donde se ven la arena blanca de la playa y el verde de los pinos, hasta llegar a un punto que siempre he intentado esquivar. En mi piso de Londres he soñado muchas veces con este mar salvaje, lo he dibujado, lo he recreado en sueños, lo he convertido en ficción, pero nunca he sido capaz de regresar a él. El mar del tesoro del rey Sigurd, el mar que surcaron piratas y antiguos navegantes, el mar que esconde la historia de Julieta como si se tratase del secreto mejor guardado del mundo. Las olas se estampan contra nuestros rostros mientras avanzamos hacia una roca, hacia el lugar en el que creo recordar que Julieta y yo detuvimos la barca.

—Ayúdame a recordar, Max. Ahora.

Max me coge una mano y detiene el motor de la barca. Del azul emerge un aliento que me aturde. Él me mira sin acabar de entender qué es lo que debe decirme o qué espero que me diga.

—Tienes que ser tú quien me cuente lo que pasó...

Entonces miro a mi alrededor con los ojos llenos de confusión y fijo la mirada en el acantilado de la Mola. «Hazlo, Greta», me digo. «Hazlo e intenta recordar.»

—¿Lo ves? Allí a lo lejos está la playa de Es Trucadors, donde íbamos a celebrar la fiesta del agua.

—Sí, me acuerdo perfectamente.

—Más allá es donde íbamos a recoger conchas para hacer collares y luego venderlos en el mercado los domingos.

—Nos sacábamos un buen dinero con aquellos collares.

—Y aún más allá, donde está ese punto negro en el mar, frente a ti, en dirección a la cueva marina... ¿Lo ves, Max? ¿Lo ves? Allí es hasta donde fuimos nadando con Julieta. Llegamos hasta esa cueva. Era una aventura.

Entonces levanto la cabeza y dirijo la mirada hacia un punto inconcreto del mar, hacia un trozo azul oscuro y turquesa, donde me parece adivinar a dos niñas jugando a inventarse historias.

—No puedo... No puedo continuar.

Max me aprieta la mano con fuerza.

—Sigue, Greta, no tengas miedo.

—No sé si puedo...

—¿Quién sabe todo esto?

—Nadie... O tal vez mi abuela. No sé si soy capaz, Max.

Recuerdo todo lo que durante tanto tiempo he

callado y nunca he logrado contar en voz alta. Ni a Paul, ni a mis padres, ni siquiera a mi querida abuela.

Julieta y yo arrastramos la barca por la arena hacia el agua, nos subimos y yo cogí los remos. Mi padre me había enseñado a llevar la pequeña embarcación, pero jamás me había encontrado navegando sola mar adentro sin ningún adulto responsable a mi lado. Esto lo pienso ahora, pero en aquel momento, en aquel instante confuso, todo me parecía de lo más natural, como si lo hubiera hecho desde siempre.

—Sopla viento de levante —dijo Julieta, con su pelo azul iluminado por un hilo de luna—. Ve rápido, que empieza a hacer frío.

Avanzamos en dirección a la cueva marina. Yo seguía remando a buen ritmo.

—¿Y si no existe el tesoro que dice la abuela? —dijo Julieta.

—Claro que existe —insistí yo.

—Pero las leyendas de la abuela...

—Esta es una historia real, Julieta. El tesoro nos está esperando y ahora no podemos detenernos.

Y seguimos soñando con rubíes, diamantes, esmeraldas y otras piedras preciosas que nos permitirían hacernos collares y convertirnos en dos princesas. Ahora, cuando lo pienso, me pregunto si no debería haber sido más responsable y haber detenido a tiempo toda aquella locura. No era posible que con once años todavía me creyera las historias de la abuela, o quizá sí que me las creía.

Tal y como había visto hacer tantas veces a los adultos, amarré la barca muy fuerte a una roca que sobresalía a unos veinte metros de la cueva marina.

—La abuela cree que debieron de esconder el tesoro allí.

—¡Pues vamos! —bramó Julieta con sus ojos ávidos de aventura.

De repente, las nubes se oscurecieron. No hubo ningún otro cambio —no aumentaron el frío ni el calor—, pero en el aire había algo que presagiaba la tormenta. Y sin embargo reinaba una gran calma. Cayeron cuatro gotas, aunque no llegó ningún chubasco fuerte que nos hiciera pensar que teníamos que volver a casa. Había pájaros que chillaban, y el sonido sibilante de las olas, y un viento que se alzaba imponente y transportaba el olor a pino y a pescado pudriéndose sobre las rocas.

Entonces dejó de llover y el cielo se volvió del color del almíbar.

—Es hora de zambullirnos —le dije—. Venga, ¡lancémonos al agua y vayamos a la cueva!

Nos pusimos las gafas de buceo y las dos nos tiramos al agua.

Fuimos nadando hasta la cueva con la intención de encontrar el tesoro. Era uno de tantos y tantos juegos que yo me inventaba para estar cerca de Julieta y hacerla reír con mis alocadas ideas. «¡Encontraremos el tesoro del rey Sigurd!», le decía yo mientras intentaba vencer la furia del mar. Julieta venía nadando detrás de mí, haciendo esfuerzos por mantenerse a flote. Llegamos a la cueva y nos sujetamos a las paredes rocosas. Debajo de nosotras, un banco de peces de todos los colores nadaba haciendo círculos. Conseguimos subir a lo alto de una roca e inspeccionamos con la mirada todos los rincones que nos permitía la vista.

—¿Crees que el tesoro estará por aquí? —me preguntó Julieta con los ojos ávidos de aventura.

—Seguro que sí.

—Tengo un poco de miedo, Greta. Si mamá se entera nos castigará...

—Olvídate de mamá...

—Pero ella siempre me dice que tengo que quedarme a su lado...

—¡Mamá, siempre mamá! ¡Calla de una vez!

De pronto la miré con las pupilas encendidas mientras una ola de rabia se apoderaba de mi cuerpo.

—Tú quédate aquí inspeccionando. Yo volveré nadando hasta la barca y daré una vuelta por los alrededores, a ver si veo el tesoro bajo el agua.

Julieta estuvo de acuerdo y yo fui a nado hasta la barca. Me subí, desaté la cuerda de la roca y miré desde la distancia a mi hermana, que me devolvió una sonrisa que se me ha quedado grabada para siempre en la memoria.

—Pero vuelve pronto, ¿eh?

—Sí —le contesté.

—¡No me dejes aquí!

—¡Venga, no seas tonta, también podrías volver a nado, que ya eres mayorcita!

Me alejé con la barca y, a medida que avanzaba, iba oyendo su voz.

—Pero no tardes en volver, ¿eh? ¡Vuelve pronto!

Entonces la miré desde lejos mientras los celos se apoderaban de mi cuerpo hasta el punto de cegarme. No pasa nada si se queda un rato sola en la cueva, pensé. Se lo merece. De hecho, cuántas veces ha sido ella la que me ha dejado tirada. Y de fondo oía su voz. «¡Vuelve, Greta, vuelve!» Quise alargar el momento para hacerla sufrir un poco más, mientras yo, sola en la barca, me sentía la reina del mundo, capaz de decidir sobre su destino, dispuesta a ser, aunque fuera por una sola vez, la protagonista de nuestras vidas. «Ojalá te pudras aquí, Julieta», pensaba. «¡Ojalá te mueras, niña mimada!»

En cuestión de minutos, el cielo se nubló y empezó a caer una lluvia torrencial. Las olas se agitaban con fuerza y sacudían la barca de un lado a otro, arrastrándola hacia la playa. Me asusté e intenté remar en dirección a Julieta, pero cada vez me alejaba más de ella y acabó convirtiéndose en un punto minúsculo en medio de la inmensidad azul. «¡Espérate que ahora voy, Julieta! ¡Aguanta!» Me la imaginaba aterrorizada, sola en la cueva, con el agua rompiendo con fuerza contra las rocas y llevándosela en una de sus embestidas a las profundidades del mar. «¡Espérame, Julieta!» Pero la corriente me llevaba en dirección a la playa y, por más que remaba, no podía guiar la barca en dirección contraria. Solo tenía once años y mis brazos no tenían la suficiente fuerza.

«Solo es un juego», me dije varias veces. «Uno de mis juegos macabros.» Pero Julieta seguía allí sola, indefensa, esperando que yo la fuese a buscar y me la llevara rápidamente con la barca. «¡Vuelve, Greta!»

Al cabo de un rato llegué a la playa y me quedé quieta, sin mover el cuerpo ni un solo milímetro. Solo me repetía una y otra vez que Julieta volvería y se quedaría a mi lado. Me la imaginaba volviendo sola a nado con una sonrisa socarrona en los labios y los ojos ávidos de aventura. «¿Dónde estabas, Greta?», me preguntaba. «¿Sabes que he encontrado el tesoro? ¿Quieres ver mis manos repletas de esmeraldas?» Pero yo seguía sola en la playa, y el mar era una balsa de mercurio, y el cielo se iba oscureciendo poco a poco.

Al cabo de un rato, la abuela llegó a la playa y, al verme sola, se estremeció.

—Greta, ¿dónde está tu hermana? ¿Dónde os habíais metido?

—No lo sé.

—¿Cómo que no lo sabes, pequeña? Pero si ya se está haciendo de noche.

La abuela empezó a buscarla por todas partes y, al no encontrarla, decidió llamar a nuestros padres. Asustada por lo que me pudieran decir, por lo que había hecho, yo repetía: «Se habrá ido. No lo sé. No la he visto. Yo no sé nada». Al cabo de un momento decidí callar y mi mundo empezó a llenarse de silencios.

—¿Dónde está tu hermana, hija? ¡Habla!

Luego avisaron a salvamento marítimo y salieron a buscarla a alta mar. Pero hacía rato que se había desatado una fuerte tormenta que hacía presagiar lo peor.

—Todo fue culpa mía, Max. Yo me la llevé a la cueva.

—Sí, te la llevaste. Pero no olvides que erais dos niñas. Quien se llevó a tu hermana fue el mar.

—Pero yo... Si no la hubiera dejado allí sola...

—Ya es hora de que te perdones, Greta. No puedes continuar así.

Miro a un punto indefinido del agua, el punto en el que creo que vi por última vez a Julieta y que tantas veces he soñado. Brilla con manchas de sombra y luz. E inesperadamente siento un nudo de pescador en la garganta que me aprieta el cuello, hasta que al fin acaba deshaciéndose y se convierte en ceniza. De repente salto al agua y me voy nadando hacia la cueva donde supuestamente se esconde el tesoro del rey Sigurd. Los pensamientos me llevan mar adentro, mucho tiempo atrás, al momento en que se levantó un viento de levante y empezaron a caer las primeras gotas de lluvia.

—¿Dónde vas? —me grita Max desde la barca.

Nado con todas mis fuerzas hacia mar abierto, pero yo misma me detengo, rodeada de azul, al ver que es imposible llegar a la cueva porque el agua empieza a agitarse y se vuelve brava como el demonio. Contemplo el azul y ahogo un grito, y cuando miro al agua me parece ver una melena azul y unos ojos que me miran sonrientes y en tono de súplica. Pido un deseo por dentro: «Perdóname, Julieta».

Entonces Max se acerca a mí nadando y me tira del brazo vigorosamente hasta sacarme a la superficie. Y miro el agua y miro el mundo. Tanto tiempo evocando este momento, huyendo de él, recreándolo en sueños, pintándolo en libretas de hojas amarillentas que quedaron olvidadas en algún cajón. Y entonces, pegada a Max, que me lleva hacia la barca, siento que por primera vez en mucho tiempo mi cuerpo no pesa. El mundo se llena de claridad, como una playa al amanecer.

Y sin querer derramo una primera lágrima.

Dos.

Tres.

Y toda yo me convierto en agua.

Más allá, detrás de mí, dos niñas pequeñas y traviesas se deslizan por el mar en una barca.

Helena

Mamá, Julieta y Greta alzan la mirada hacia el árbol. Mamá lleva un cesto en la mano que está lleno de letras pintadas. Les cubre los ojos con un pañuelo de hilo y les dice que ahora busquen entre las letras que cuelgan de las majestuosas ramas del árbol.

Greta palpa la primera letra y tira con fuerza: G.

La segunda: I.

La tercera: A.

Y la cuarta: N.

Mamá y Julieta le dicen que esta palabra puede tener el sentido que ella quiera, porque se trata de un lenguaje secreto; el lenguaje de las nuevas palabras.

—Miedo —responde Greta.

—Comprensión —le contesta mamá.

—Amor —murmura Julieta.

Greta mira hacia arriba y del árbol llueve una

montaña de letras. Coge un paraguas verde y se protege como puede del chaparrón, que augura la peor de las tormentas. Palabras y más palabras se le pegan a las piernas y la tinta se le cuela por todos los pliegues de su piel sedosa. Las observo durante un rato, a mamá y a las niñas, y pienso que todos los silencios se quedan a los pies del árbol del jardín, entre hojas secas y miradas tiernas y amorosas. Miradas que se han convertido en recuerdos. Miradas que se han convertido en palabras.

Greta

Vuelvo al hostal y empiezo a recoger mis cosas con urgencia. Ropa interior, camisetas, vestidos, ordenador. Miro a través de la ventana y veo decenas de lagartijas trepando asustadas por las paredes del patio de luces como si de nuevo vinieran a encontrarme. Decenas, cientos de lagartijas, con manchas verdes y azules, vienen a despedirse de mí y se cuelan en la habitación a través de la ventana. Pasean por encima del escritorio, se esconden debajo de la cama, suben hasta el fregadero para beber un poco de agua y después regresan de nuevo a la ventana. Es hora de irse, Greta, me digo. Es hora de romper los límites de la ficción, de cerrar este episodio del pasado, de perdonarme y decirle adiós a mamá, o hasta pronto, porque algún día hablaremos, Helena, estoy convencida de ello, en cualquier caso en otro momento, cuando me sienta preparada.

Sonrío y me digo que es hora de volver y recuperar mi antigua vida. Lo siento, Paul. Ojalá quieras hablar conmigo. Siento haberme marchado así, tan precipitadamente, al «estilo Greta», al estilo de no pensar en nada, un volantazo a la izquierda, la vida entre cajas, como suelo hacer siempre. En todo caso, vuelvo convencida de que me he acercado a mi madre y de que he podido cuidar de la abuela hasta el momento en que ella ha dicho basta. La abuela. Mi posidonia particular, que vive y respira, y se parte de la risa bajo el agua.

En el ferri que me lleva hacia Ibiza observo a unos turistas que se fotografían con una sonrisa impostada y cara de langosta escaldada. Atrás queda la casa que mi madre se encargará de vender algún día, con las contraventanas azules y las buganvillas fucsias que adornan las paredes, con los retratos de Julieta intactos sobre la cómoda, con las leyendas de la abuela que nos hablan de marineros muertos, de serpientes marinas, de sirenas maléficas y de seres mágicos que viven bajo el agua. Un punto final a nuestra historia que cierra esta estirpe de mujeres, más allá de los confines del mundo, un mundo que quedará grabado para siempre en mi memoria. Una memoria hecha de ficción. Una memoria hecha de relatos de la abuela.

Cierro los ojos un instante, el viento suave en las mejillas, y mis pensamientos se diseminan en el aire como si fueran confeti. Hay un nombre que la abuela, Julieta y yo nos inventamos cuando yo era pequeña. *Gian*. Creábamos nombres inventados, los escribíamos con rotuladores, pintábamos las letras, más tarde las colgábamos en el árbol del jardín; nuestro pino majestuoso. El árbol de los pensamientos. *Gian* quería decir «romper el silencio, gritar muy fuerte, expresar lo que sentíamos por dentro»; las tres, la abuela, Julieta y yo. De ese momento, de ese fotograma difuso de la infancia, solo conservo un recuerdo sucinto: las sonrisas de la abuela, los papeles desordenados por el suelo, la tinta azul del rotulador que manchaba las baldosas del porche. Entonces escribíamos el nombre y hablábamos del sentimiento que me corroía por dentro y que ninguna de nosotras sabía muy bien cómo describir. Y de esos nombres inventados sabíamos unos cuantos:

Gian. *Atriulum*. *Canttax*. *Flugio*.

Gracias por todo, abuela.

Estoy en un avión que vuela a Londres. Atrás, bajo mis pies, queda la isla de Ibiza, y algo más allá Formentera, con sus cuevas marinas, las brujas, las sirenas de mar y el viento que apaga el verde y el amarillo de las hojas.

Sé que mi abuela está ahora en el fondo del mar, con Julieta y la posidonia. Y también sé que las sirenas existen y que el tesoro del rey Sigurd ha sido probablemente una leyenda de tradición oral.

Gracias a Max he viajado a los territorios de mi infancia, que había asumido como propios creándome un relato que me ha acompañado a lo largo de los años. He revisitado la playa de Es Canyers, el faro de la Mola, la cueva de los piratas, me he bañado desnuda en cala Saona y he visto a la abuela adentrándose en el mar.

E incluso he tenido tiempo de cerrar una conversación pendiente con mi madre. Mi madre, Helena, no es en ningún caso un final feliz. Quién sabe si será un final abierto. «Hablaremos más adelante, mamá. En todo caso, más adelante.»

Ahora, sentada en el asiento del avión, con la mejilla apoyada contra el cristal sucio de la ventana, reviso los mensajes de móvil que me ha escrito Paul. «Te estoy esperando, Greta. Te quiero. No sabes cómo te he echado de menos.» Y pienso que Paul es lo más real que tengo ahora mismo entre mis brazos. Y me pregunto si tendré una nueva oportunidad con él o si como siempre tendré que volver a empezar, lejos de él y de Londres, aterrizando en una nueva ciudad, conociendo a gente nueva, con la maleta como compañera de viaje. «Tú déjate querer, Greta.»

Cuéntate el final que quieras, Greta, las historias se pueden reinterpretar, puedes cambiar algún personaje secundario, un escenario, el amor, la muerte, puedes reescribir el relato, te lo puedes contar de otra manera, desde otro punto de vista.

Así que ahora me cuento una nueva historia que sé que el tiempo me ayudará a cocer a fuego lento; el nuevo relato de lo que ha sido y sigue siendo mi vida. El nuevo relato que he sido capaz de elaborar gracias a las cartas de mi madre y las leyendas de la abuela.

Y me lo cuento a mí misma y también se lo cuento a mi hermana Julieta. Y la historia dice exactamente así:

Dos niñas van en barca, azuzadas por las leyendas de su abuela. Son pequeñas y tienen ansias de aventura, se mueren de ganas de encontrar el tesoro. La primera salta al agua y la segunda la sigue. Llegan a una cueva y Greta quiere jugarle una mala pasada a su hermana. «Tú quédate aquí, Julieta. Espérame, que volveré enseguida.» Y quiere hacerla sufrir un poco, con los celos como punto de mira, aunque en ningún caso quiere que le suceda nada malo. Hace viento, el mar se agita, empieza a caer una lluvia torrencial. Greta grita, y se desespera, y rema con todas sus fuerzas para poder ir a salvar a su hermana pequeña. Pero el mar decide llevársela muy lejos, quién sabe dónde, entre cofres de tesoros y posidonias que se elevan imponentes desde el fondo del mar. «Perdóname, Julieta», le dice con lágrimas en los ojos. «Perdóname por haberte amado y odiado a partes iguales. A partir de ahora seré una mujer herida, una mujer que mirará como pueda hacia delante y arrastrará consigo el recuerdo de lo que pasó esa tarde que ya jamás podrá olvidar.» Y Julieta le responde que desde pequeña ya sabía que viviría poco y que siempre supo que aquel sería su último día. «Tú no pudiste hacer nada, Greta. Perdónate. Tú no pudiste salvarme. Al contrario, mi historia estaba escrita y yo ya hace tiempo que te la conté.» Porque las historias son historias y representaciones que nos hacemos de la realidad. Como los cielos que pintaba Helga, y los guiones que reescribimos, y los cuentos o las leyendas que nos contaba la abuela, que cada día se cuentan de nuevo y que en cualquier momento, pasados los años, se pueden reescribir o reinterpretar.

—Cuéntame otra historia, abuela.

—¿Otra, cielo?

—La que tú quieras.

«Había una vez dos sirenas que vivían en el fondo del mar...»